Cœurs brisés
&
Nuages magiques

Julien Capoulun

Édition : BoD – Books on Demand, 12/14 rond-point des
Champs-Élysées, 75008 Paris
Impression : BoD – Books on Demand, Norderstedt,
Allemagne

ISBN : 978-2-3221-7347-1
Dépôt légal : mai 2021

À tous ceux qui ont, un jour, eu le cœur brisé.

PRÉFACE

Si vous lisez ces quelques lignes, merci du fond du cœur. Que vous teniez ce livre entre vos mains ou que les pages défilent derrière un écran, que vous connaissiez l'existence de ce projet en amont ou que vous le découvriez par un heureux hasard ; merci. Ce livre est un peu un rêve, qui s'est transformé en une nécessité. C'est autant une envie profonde qu'un besoin irrépressible. Ce recueil parle de moi. De mon expérience, de mes souvenirs, de mes errances et de mes fantasmes. Mais j'espère surtout qu'il trouvera une manière de résonner en chacun, et ainsi parler également un peu de vous. C'est l'objectif que je me donne. Qu'une fois la dernière page tournée, vous ressortiez de cette lecture en gardant quelque chose avec vous. Peu importe quoi.

J'ai eu le cœur brisé par une relation amoureuse qui s'est achevée contre mon gré. « Et alors ? », me diriez-vous, « Rien de bien original, mon gars ». Et vous auriez raison. Mais ce n'était pas comme les fois précédentes. Ce n'était pas comme toutes les ruptures. Cette fois, j'ai eu besoin de l'écrire pour m'en remettre. J'ai eu besoin de la coucher sur le papier, de la disséquer avec des mots, de la revivre encore et encore pour la digérer et l'accepter. Toujours peu original ? Sans doute. Mais c'est le parcours qui rend l'expérience unique. Ce livre est le fruit de plusieurs années passées à essayer de me défaire de l'ombre de cette relation, et de trouver mon propre chemin. Ce sont des morceaux d'une même histoire. Des pièces qui s'assemblent pour former la fresque d'un voyage chaotique.

Au cours de celui-ci, vous croiserez sans doute d'autres personnages qui ont eu le cœur en miettes, ainsi que des fantômes et autres créatures surréalistes. Mais ne vous inquiétez pas, tout cela fait partie de l'histoire. Du voyage.

Nous devons passer par là pour pouvoir ressortir de l'autre côté. Alors prenez ma main et laissez-vous guider à travers ces sentiers de vies et de fantaisies. Parcourons ensemble le chemin qui mène d'un cœur brisé empli de désespoir jusqu'à la rencontre d'un nuage magique qui ouvre la voie de l'acceptation et de la guérison.

Et si vous vous perdez en chemin, sur un bord de mer, profitez-en pour vous asseoir quelques minutes. Respirez à fond l'air marin. Laissez-vous porter par le bruit des vagues. Faites de la place et accordez du temps à toutes les pensées qui vous traversent l'esprit. Et si vous en ressentez le besoin, sortez un carnet et prenez quelques notes. Ce ne sera jamais vain. Je vous le promets.

Oh, et passez-lui le bonjour, à la grande dame bleue. Elle saura qui je suis.

Julien.

1ère Partie

Pèlerinage

Mes yeux s'ouvrent difficilement, je les sens qui me piquent et se montrent récalcitrants. Je relève doucement la tête et essaie de me remettre droit. Une lumière vient traumatiser la partie visible de mes pupilles et ne m'aide pas vraiment dans ma pénible tentative de réveil. Durant un bref instant, je ne sais plus où je suis et il me faut quelques secondes pour reprendre mes esprits. La première chose que je vois lorsque mes yeux sont complètement ouverts et mon champ de vision un peu plus libéré, est un logo, celui d'une marque de voiture. Qu'est-ce que… Oh, ça me revient. J'ai recommencé.

La forme du logo sur le volant de la voiture est imprimé sur la paume de ma main droite, celle sur laquelle reposait ma tête. J'ai dû m'assoupir un moment. Je me redresse complètement contre mon siège et me frotte les yeux, lâchant un soupir de frustration et de déception. D'une part parce que j'ai trouvé le moyen de m'endormir dans ma voiture, en pleine rue, à ce qui doit désormais être une heure tardive. Et d'autre part, parce que je réalise où je me situe et ce que je fais là. Cet endroit, cet emplacement exact, je ne le connais que trop bien. Et alors que tout me revient à l'esprit dans un flot d'images et de sensations qui semblent m'engloutir et me faire sombrer encore un peu plus, mon corps se pétrifie et se paralyse, et je maintiens le regard droit devant. Je commence à apprivoiser la lueur émanant du réverbère, éclairant une partie de la chaussée. Je sais pertinemment quel est le prochain mouvement, ma prochaine action inéluctable, et je la redoute, je la repousse. Je laisse passer les secondes et essaie de rassembler les quelques forces qui me restent avant de machinalement laisser ma tête pivoter sur la gauche et lever les yeux en direction de la résidence qui surplombe cette partie du quartier, et particulièrement cette longue porte-fenêtre donnant directement sur l'intérieur. La tienne.

En réalité, ce n'est désormais plus la tienne, et ce depuis un certain temps maintenant. Mais pour moi, elle le restera sans doute à jamais. Même si de nouveaux locataires t'ont remplacée, même si l'appartement a droit à une nouvelle vie, même si le temps s'est écoulé et les choses ont changé. Malgré tout, je me retrouve à nouveau à l'emplacement exact sur lequel je stationnais lorsque je venais te voir. Je m'apprête à prendre le sac contenant mes affaires sur mon épaule et à venir te rejoindre. À passer la soirée avec toi. À dormir à tes côtés, serrés l'un contre l'autre, dans ce lit un peu trop petit pour nous deux. Je regarde à travers cette fenêtre, dans cet appartement, et je nous y vois. Je nous vois manger ensemble devant la télévision, je nous observe, côte à côte, plongés dans nos lectures. Je peux humer l'odeur épicée du thé qui fume depuis ta tasse, je peux sentir la douceur de tes cheveux sur mon visage lorsque je te prends dans mes bras, je peux entendre ta lente respiration entre les notes de musique de cet album que l'on aimait tant. Si je me concentre assez, je peux pratiquement toucher ce doux souvenir du bout de mes doigts. Et c'est pourquoi je reviens constamment, inlassablement, à cet endroit. Chez toi. Pour revivre ces moments. Pour l'espace d'un instant, voyager à travers cette fenêtre magique vers une tendre époque révolue. Pour être de nouveau à tes côtés.

De retour à la réalité, à cet appartement tel qu'il est aujourd'hui. Le premier locataire qui t'a emboîté le pas est resté peu de temps, quelques mois, tout au plus. Un célibataire, si j'en crois les quelques jeunes femmes différentes que j'ai entr'aperçues monter avec lui. J'ai quelques fois essayé d'imaginer quelle pouvait être l'histoire de ce garçon. Sortait-il tout juste d'une relation amoureuse ? A-t-il eu le cœur brisé ? A-t-il brisé un cœur ? Est-il venu vivre ici le temps de se relancer et de passer à autre chose ? Est-ce plutôt un nomade, libre d'esprit, qui passe de ville en ville, enchaînant et se fondant dans des relations éphémères sachant pertinemment qu'il ne restera jamais assez longtemps pour construire quelque chose de plus solide ? Et peut-être que cela lui convient très bien, au fond. On se met facilement à fantasmer sur la vie des autres, d'inconnus, à essayer de deviner quels sont les événements qui les ont dirigés sur les chemins qu'ils ont pris, à imaginer pour eux des choses qui nous sont totalement inconnues et hors de portée, à projeter nos envies, nos désirs, nos frustrations ; nos vies non vécues. Toujours est-il qu'il a fini par reprendre son chemin vers d'autres aventures et que l'appartement est resté inhabité durant quelque temps. Une véritable vague de tristesse et un sentiment de désolation me submergeaient à chaque fois que je passais devant ces volets en permanence fermés. Récemment, un couple a emménagé et redonné vie à ton ancien cocon. Je ne sais pas si l'on peut dire que leur vie est plus rangée ou plus aboutie que la personne qui les a précédés, mais ils semblent s'être bien trouvés, leur couple paraît sain et solide. En apparence, en tout cas. Et l'on sait bien que le célèbre dicton les concernant est plus que fondé. Je ne tiens pas particulièrement à étancher ma curiosité et à jouer les voyeurs mais il m'arrive de passer certains instants à les observer. La vue est plutôt très ouverte sur l'intérieur et ils n'ont pas de rideaux aux fenêtres, contrairement à toi. L'appartement est encore faiblement éclairé, d'ailleurs, il ne doit pas être si tard que cela finalement. Ils sont assis l'un à côté de l'autre, elle lit, lui est sur son téléphone. Et à nouveau, c'est nous que je vois. Si quelqu'un nous avait observés à l'époque, aurait-il également eu le sentiment que notre lien était fort ? Aurions-nous donné l'impression d'être un couple solide et complice ? Pour juger de la bonne santé d'un couple, on s'attendrait peut-être à les voir bouger, à les voir danser, s'amuser, de l'autre côté de cette vitre. De la joie de vivre. Mais est-ce vraiment symptomatique ? Est-ce réellement là que peuvent être décelés les liens amoureux. Je reste persuadé que l'amour se trouve dans les choses les plus simples. Que la complicité, la tendresse et l'attachement se construisent dans ces moments. Dans des rituels, des habitudes, sans que cela n'ait une portée péjorative. À travers un regard, un geste bienveillant envers l'autre pour montrer que l'on est toujours présent, même si l'on s'adonne à des activités différentes sur l'instant. Et c'est ce que je ressens quand je les observe : une sereine et profonde affection. Ils en sont une jolie preuve imagée. Et je ne peux m'empêcher de penser que nous l'avions, tout cela, nous aussi. Alors pourquoi eux et pas nous ? Pourquoi… Non, non non non. Ne te laisse pas à nouveau embarquer là-dedans. Ne cherche pas d'explications, n'essaie pas de donner du sens, ne cours plus après de futiles réflexions. S'il y a bien une chose que l'on peut affirmer avec certitude, c'est qu'il n'y a rien de rationnel là-dedans. Jamais.

C'est lorsque les souvenirs deviennent amers, lorsque je cherche de nouveau à analyser et comprendre ce qu'il s'est passé entre nous, lorsque la douleur se fait plus forte et paralysante ; c'est à ce moment-là que je sais qu'il est temps de partir. Je ne m'en étais pas rendu compte jusque-là mais il fait désormais très froid, la vision du petit brouillard formé par ma respiration me met la puce à l'oreille. Je réalise alors que je suis effectivement en train de grelotter depuis quelques minutes. Les températures commencent à descendre bas les nuits, ce n'est vraiment pas un temps à traîner dans sa voiture sans chauffage. Nous sommes déjà en décembre, tu imagines ? Combien de temps s'est écoulé depuis la toute dernière fois où j'ai franchi le pas de ta porte, quitté cette résidence tête baissée, marquant le point final de notre relation ? Je ne veux même pas essayer de compter. Il ne neige toujours pas. Pas encore, tout du moins. Ce n'est pas encore Noël alors je garde un petit espoir. Depuis combien de temps n'avons-nous pas eu un Noël blanc ? Je n'ai jamais eu de Noël blanc avec toi, ce que j'aurais aimé ça. Ou peut-être est-ce arrivé ? Je ne suis plus sûr de savoir. Encore cette question de temporalité, tout se mélange, les souvenirs se déforment, on en garde que des bribes, des sensations, des instants suspendus hors de leurs contextes. La neige a toujours été signe d'espoir dans mon imaginaire, alors comment dois-je le prendre ? J'aimerais tellement qu'il neige, là, tout de suite.

D'un geste plein de résignation, j'enclenche le contact et démarre le moteur de la voiture. Les feux s'allument et réveillent la rue somnolente devant moi. Un chat noir passe rapidement devant les rayons lumineux pour rejoindre l'autre côté de la chaussée. Le pauvre, j'ai sûrement dû lui faire peur. De la musique monte depuis les haut-parleurs encastrés dans les portières, les notes de guitare de Phoebe Bridgers résonnent et viennent me chatouiller les oreilles. *Scott Street*, quel joli hasard. Elle y parle d'un ancien amour et d'une rue qu'ils aimaient fréquenter tous les deux. De retrouvailles, de prises de nouvelles, du temps qui passe et des rapports qui évoluent, des gens qui changent. « Don't be a stranger » seront dans quelques minutes ses derniers mots avant de clore cette magnifique chanson. Des étrangers, c'est bien ce que nous sommes l'un pour l'autre désormais, n'est-ce pas ? Et je suis bien conscient d'être en grande partie responsable de cette situation. Mais comment pourrait-il en être autrement ? Au-delà des belles intentions et des beaux discours, est-ce bien réaliste ? J'aimerais être capable de pouvoir encore te parler. Te voir, te sentir, te toucher. Prendre à nouveau ce visage entre mes mains et me fondre dans ton regard. Mais tout cela n'aurait plus la même signification qu'autrefois. Tout est entaché par la persistance mnésique d'une histoire dont la fin t'a emportée loin de moi et m'a laissé avec de nombreux regrets et un cœur abîmé. Je crois que, réduit à la plus émaciée des explications, celle avec qui je souhaiterais échanger n'est pas celle que tu es aujourd'hui, mais celle que tu étais hier. Celle qui habitait ici. Celle qui m'accueillait chez elle à bras ouverts. Qui m'aimait. Pas celle qui est partie sans moi. Malgré tout, je ne peux m'empêcher de m'interroger. Penses-tu encore à moi, parfois ? À nous ? As-tu, toi aussi, des bribes de souvenirs qui remontent, des instants figés dans le temps qui sont restés avec toi ? Que penses-tu de moi, désormais ? Qu'as-tu jamais pensé de moi ? C'est dingue ce pouvoir magique que possède la musique, je m'en étonne constamment alors que j'en suis le premier témoin depuis aussi longtemps que je puisse m'en souvenir. Ce n'est pas étonnant que les chamans utilisent autant leurs voix et instruments, il réside là-dedans quelque chose d'absolument mystique. Quelques mots accompagnés de quelques notes sont capables de me donner le sourire et m'alléger l'esprit, tout en me resserrant le cœur et me plongeant dans une insondable mélancolie. Mes joues me chatouillent et un goût salé envahit les coins de ma bouche. Je fais disparaître ce liquide lacrymal d'un revers de la main et me frotte à nouveau les yeux en prenant une grande inspiration. Il est vraiment temps de rentrer.

Chaque fois que je viens ici, chaque fois que je suis attiré comme de force dans ce pathétique pèlerinage, je me dis que ce sera la dernière fois. Un dernier regard, une dernière pensée. Une dernière lamentation. Et lorsque j'allume de nouveau le contact, lorsque je démarre et reprends la route dans la direction opposée, je le perçois comme une métaphore littérale et me dis qu'il est enfin temps d'aller de l'avant, que c'est le moment, que cette fois c'est la bonne. Et inexorablement, machinalement, je me retrouve à faire le chemin inverse et me voilà de nouveau devant chez toi. À laisser mon esprit divaguer et mon cœur se réchauffer par le pouvoir de cette fenêtre magique. Je démarre et prends la route, comme à chaque fois. Une sensation indescriptible envahit mes tripes, comme à chaque fois. Je laisse tout ça derrière moi. Je te laisse derrière moi. Cette fois, c'est la bonne.

Jusqu'à la prochaine.

J'écris quand tu me manques

J'aimerais pouvoir composer ton numéro et nonchalamment reprendre le fil de notre dernière conversation. Je fantasme de débarquer sur le pas de ta porte avec une bouteille de vin rouge et d'être accueilli comme si j'étais la personne que tu souhaitais voir. Nous pourrions discuter de tout. De nos vies. De nos non-vies. Des vies des autres. Nous prenions toujours un malin plaisir à se moquer des autres, comme si nous étions en position de pouvoir juger. Comme si nous étions des références en matière de vies accomplies et épanouies. Nous avons toujours évité l'introspection entre nous. Pourtant, nous sommes individuellement très doués pour cela, tous les deux. Mais quelque chose bloquait face à l'autre. Une relation ne se déroule pas d'un côté ou de l'autre, mais au milieu, dans l'échange, et nous sommes passés totalement à côté. Mais ce n'est plus forcément le moment de corriger les erreurs et ce n'est pas non plus ma volonté. Je me contenterais de discuter du beau temps, de ce que nous avons raté dans nos vies mutuelles, le dernier livre ou le dernier film que nous avons apprécié. Entendre ta voix, profiter de ton regard. Sentir qu'il existe toujours ce lien entre nous. Même si c'est une illusion. Se mentir le temps d'une soirée.

Hier soir, j'ai eu envie de t'appeler et de proposer de passer te voir. J'ai alors bu la bouteille de vin tout seul et j'y ai noyé tous ces sentiments envahissants. Ils ont résisté un moment mais ont fini par couler. Mon esprit est devenu brumeux, la mer agitée, et je n'étais plus en capacité de retrouver le port de mes désirs égarés. Et c'est sans doute ce que je recherchais. Dériver au point d'en perdre mes repères et ne plus pouvoir retrouver mon téléphone. Ne pas avoir à faire ce choix. Me laisser porter par le courant et m'endormir sur le canapé sans avoir dérapé. Sans avoir brisé ma promesse de ne pas te contacter. De ne pas « craquer ». On se fait des promesses stupides et très dissonantes parfois, qui peuvent aller à l'encontre de ce que l'on désire profondément. Mais je suis bien trop borné pour ne pas les respecter.

Je me suis encore levé tard ce matin et les effluves de raisin ont eu le temps de se dissiper. Pas le reste. Je t'ai toujours en tête et tu me manques plus que jamais. Une fois la tempête passée rien n'a disparu, on retrouve tout en désordre ; une épave, des morceaux de planches et de souvenirs. La moitié d'une plaque qui portait le nom *True Love* mais n'indique désormais plus que le premier mot. Je n'ai pas envie de ramasser les morceaux et de reconstruire, je préfère rester assis sur le sable au milieu des débris. J'écris quand tu me manques, c'est un peu mon super-pouvoir. Le seul moyen en ma possession de faire passer ces orages avec le moins de dégâts possible à l'arrivée. Je me lève et tape ces mots comme un réflexe, un mécanisme de survie, toujours dans mon pyjama et ingurgitant beaucoup trop de café.

Il paraît que l'on écrit sur la pluie quand il fait beau. Je dois sans doute fonctionner à l'envers. J'ai besoin d'être au fond du trou pour me raccrocher à des mots, les empiler pour construire une petite échelle salvatrice. C'est peut-être ce qu'on appelle la destruction créatrice. Je n'ai rien à dire si le soleil brille à l'horizon, j'ai besoin que l'orage fasse couler l'encre sur les feuilles de mon désespoir. J'écris quand tu me manques. Quand la douleur de ton absence ne peut plus être contenue et doit s'exprimer.

J'ai encore besoin de toi pour écrire et c'est un brasier intérieur aussi revigorant que destructeur.

Pourquoi rêve-je toujours
De toi
Quand je commence enfin
À aller mieux ?

Où vont les rêves ?

Une autre nuit agitée, un nouveau réveil mélancolique.
Encore un rêve de toi, de nous
Enfin, non, étrangement, pas vraiment de nous
De toi et d'une autre personne
Tu lui brisais le cœur, tu t'en allais
Mais c'est tout comme si tu faisais à nouveau exploser le mien,
Et me laissais seul derrière pour ramasser les morceaux.

Comment puis-je interpréter ces manifestations de mon
esprit ?
Dois-je accorder du sens à cette mise en scène inconsciente ?
En déduire que je ne suis toujours pas passé à autre chose,
après tout ce temps ?
Que je suis resté paralysé dans ce moment hors du temps,
Ma tête posée sur tes cuisses, tes mains bienveillantes
parcourant mes cheveux,
Mes larmes s'évanouissant sur le tissu de ton pantalon ?
Que ma vie a déraillé depuis ce jour, cet instant,
Et que je passe à côté depuis, pensionnaire du mauvais
wagon ?

Oui, mille fois oui.
Et je n'ai pas besoin de ces rêves pour le réaliser
Je le vis au quotidien, à chaque instant, chaque moment
Chaque élément de ma vie qui me rappelle toi
Qui m'attire irrémédiablement dans ton orbite.
Mais je ne te l'avouerai jamais
À quoi bon ? Tu as ta vie maintenant
D'autres cœurs à enflammer et frigorifier
Dont le tien,
Surtout.

Mais je dramatise sans doute, j'en fais trop, comme souvent
Si tu m'entendais, tu lèverais assurément les yeux au ciel
En vérité, je vais bien
Je m'emploie à mener la vie que je désire

Ce n'est pas sans embûche, mais au moins j'essaie
Ce qui est déjà bien plus que je ne peux en dire pour tout le reste
J'aimerais simplement me sentir fondamentalement moins seul
J'aimerais réussir à me lever avec plus de facilité le matin
J'aimerais pouvoir sortir de chez moi.

Nous désirons toujours ce que l'on ne peut avoir, il paraîtrait
Je ne sais pas
Je crois que l'on désire tout, tout le temps
Et tout de suite
C'est bien là la malédiction de notre humanité
C'est peut-être là ma perte.

Et je me questionne
Où vont les rêves une fois qu'on les oublie ?

Je n'aime plus Noël

Je n'aime plus Noël, et je l'ai pourtant tellement aimé par le passé. Cette période de l'année m'a toujours fait beaucoup de bien, je l'ai toujours attendue avec impatience. La fameuse ambiance de Noël, inégalable. La musique qui marche à tes côtés dans les rues, les doigts gelés qui se réchauffent autour d'un gobelet de vin chaud, les illuminations qui pétillent sur les rétines, les fringues merveilleusement kitsches qui nous avalent de la tête aux pieds, les biscuits et thés de Noël sous la couverture devant des films dégoulinant de bons sentiments. Quel joli tableau. Et quelle magie. Ce pouvoir de dessiner un sourire sur mon visage, d'apaiser mon esprit, de donner de l'espoir ; l'espoir d'un présent qui chante et d'un lendemain qui danse. Ajoutez-y une couche de neige blanche et innocente et le portrait ne pourrait être plus puissant et évocateur. Cette saison est supposée amener avec elle un peu de chaleur et de joie dans les cœurs, et c'était le cas. Je patientais le reste de l'année pour pouvoir en profiter. Désormais, je n'en ai que faire. Pire, je la redoute.

La répétition est mère de décadence. La magie reste-t-elle magique si elle se reproduit trop souvent ? Ou devient-elle banale, éculée ? Le miracle de la 34ème rue peut-il se produire chaque année ? Le temps qui s'écoule à une vitesse affolante a galvaudé mon Noël, je crois. Je n'arrive plus à profiter, je ne sais plus m'émerveiller. Blasé, désabusé, j'erre à travers les marchés bondés et repas interminables tel un fantôme, qui cherche un sens à cette redondance infernale. Et à peine le temps de reprendre son souffle, de sortir la tête pour apprécier un rayon de soleil, que les pâtisseries à la cannelle vous étouffent à nouveau. Je n'ai plus l'allant nécessaire pour refaire le tour des mêmes endroits, visiter les mêmes stands, revoir les mêmes films, acheter les mêmes choses et manger la même nourriture hors de prix. Je n'ai plus le cœur à sortir la moindre décoration pour égayer mon salon. Je n'ai plus l'esprit assez optimiste pour essayer d'y voir les bons côtés et d'y trouver une raison légitime de s'intéresser à ses proches pas si proches et de réparer un esprit de famille abîmé. Je n'arrive même plus à croire à un début de sincérité derrière tous ces artifices.

Et si ce n'était pas suffisant, je ne peux plus me balader entre ces chapiteaux sans y voir ton visage se dessiner dans chaque recoin sombre laissant libre cours à l'imagination. Je ne peux plus m'offrir de vin chaud sans avoir envie de les compter avec toi. Je suis constamment stupéfait par l'empreinte que peut laisser une personne sur une partie de notre vie, longtemps après qu'elle n'en fasse plus partie. Alors suis-je malhonnête et dans le déni ? Noël est-il devenu si fastidieux à mes yeux depuis que je ne peux plus le vivre à travers les tiens ? Ou avais-je déjà cet état d'esprit à l'époque ? Cela me semble à des millions d'années de distance. Je ne suis même plus sûr de m'adresser à une personne plus qu'à une idée. Celle d'une magie partagée.

Et je marche seul, mon nouveau bonnet trop chaud rendant mes cheveux gras, et les mitaines que je persiste à porter, pour le style, ne me réchauffant en rien les doigts. Je monte le son dans mes oreilles pour étouffer celui beaucoup trop enthousiaste des rues. Je croise de pauvres gens frigorifiés assis devant des vitrines en overdose de lumières et décorations. Je n'ose pas m'approcher de la personne parce que je ne saurais pas quoi lui dire. Je n'ose pas entrer parce que j'aurais alors le sentiment de prendre part à une surconsommation de masse qui me rebute de plus en plus. Alors je continue à avancer en regardant ailleurs. Mais mon esprit ne s'en détache pas, il reste obnubilé par mon empathie pour toutes ces personnes qui n'ont pas de domicile et doivent chaque année affronter l'hiver. Et il imagine tous ces emballages cadeaux à travers le monde qui vont finir à la poubelle et continuer d'étouffer un peu plus notre planète, dans l'indifférence totale.

J'essaie chaque année de me dire qu'il faut en profiter, et je finis toujours par passer à côté. À trop y réfléchir, on en perd toute la spontanéité juvénile nécessaire pour vivre dans l'instant. À trop analyser, on y perd la magie. À trop contempler, on se retrouve déjà l'année suivante à devoir tout recommencer. Et se dire que l'on n'aime plus Noël. Non sans regrets.

Illusions

Ils sont sur la glace. Elle, lui, couchés l'un à côté de l'autre, regards en direction des étoiles. Il essaie d'ailleurs d'inventer des noms aux constellations pour la faire rire, ce qu'il réussit plutôt bien. Il la regarde sourire et se dit qu'il est exactement où il voudrait être. Sous eux, défile les mots qu'ils prononcent. Autour d'eux, apparaissent les limitations d'un écran géant. En face d'eux, dans une petite salle presque vide, quelques personnes regardent dans leur direction, à l'étroit dans des sièges bordeaux désuets. Quelque part parmi ces cinéphiles se trouve Adam. Il est venu voir ce film en solitaire, assis seul au milieu de toutes ces places laissées libres. Après tout, c'est un petit cinéma de quartier qui a déjà du vécu et qui n'attire plus tellement la jeune clientèle. Pas de climatisation, pas d'écran de taille aberrante, pas de sièges numérotés et réservés, pas de supermarché à l'entrée, et encore moins de 3D et autres gadgets inutiles et hors de prix. On vient ici pour apprécier l'ambiance intimiste des anciennes salles de cinéma, pour se plonger dans des films tels qu'ils doivent être vus et rien d'autre. Mais Adam n'est pourtant pas plus attiré que cela par ce genre d'endroit. Elle l'était. Elle adorait ça et le défendait à chaque fois que l'occasion se présentait. Mais elle n'est plus là. Adam tourne la tête vers sa droite et fixe ce fauteuil vide à côté de lui, la tristesse sur son visage aussi évidente que le désintérêt qu'il porte au film. Il continue à contempler cette place vide et son esprit se met à voyager, il l'imagine assise à ses côtés, lui tenant la main, souriante et plongée dans les images qui défilent sur ses pupilles dilatées de plaisir. Il est là avec elle, elle est là avec lui. Et l'espace d'un instant, il sourit aussi. Durant quelques secondes, il se laisse aller à cette douce rêverie qui semble tellement réelle et se sent presque de nouveau heureux. Mais il est brutalement extirpé de cet inestimable moment par le son venant des haut-parleurs qui s'est tout à coup intensifié. Par pur réflexe, il jette un œil à l'écran attiré par le bruit et le regrette immédiatement. Il se retourne à nouveau vers sa droite, mais il est déjà trop tard…

Elle n'est plus là, le siège est vide. Elle est vraiment partie. Une douleur intense le prend alors par les tripes, un sentiment indescriptible, comme si une partie de lui manquait et qu'il n'avait aucun moyen de la récupérer. Comme si un élément vital lui avait été arraché et qu'il avait du mal à respirer. Envahi de tristesse, de désespoir et de regrets, il s'enfonce dans son siège et laisse son regard se perdre dans les carreaux dessinés au plafond, souffrant en silence dans l'obscurité.

Réussir à l'oublier, c'est bien tout le fond du problème, pense Adam alors qu'il quitte la salle de cinéma. Il réalise que le film qu'il vient de voir a finalement beaucoup de sens, même s'il n'était pas des plus concentrés tout du long. Ce serait tellement plus simple de pouvoir gérer une rupture ou une déception amoureuse si l'on pouvait juste oublier la personne en claquant des doigts, simplement en le décidant. Pouf ! On passe à autre chose et fini les longues heures de pleurs et de lamentations. Cela étant dit, tient-on réellement à oublier une personne avec qui l'on a partagé un lien si fort, avec qui l'on a vécu tellement de belles choses ? Dans ce film, ils l'ont vite regretté. Et c'est bien ça, la morale de l'histoire, non ? Peu importe la douleur, peu importe les mauvais souvenirs, tout effacer n'est en rien la solution. Les souvenirs, c'est tout ce que l'on a au final, tout ce que l'on emporte avec nous, tout ce qui reste. C'est en soi la preuve que l'on détient de notre existence, de notre vécu. On ne peut pas tirer un trait là-dessus. Il n'y a qu'une chose raisonnable à faire : passer à travers la douleur. Laisser le temps faire son œuvre, comme on dit. Jour après jour, la douleur s'estompe, le manque se fait moins ressentir, les mauvais souvenirs deviennent flous et les bons encore meilleurs. On apprend à ne se souvenir que des belles choses, celles qui au départ faisaient tellement mal et semblaient tellement insurmontables que l'idée de les effacer à tout jamais était presque envisageable. Et même si on ne revoit plus jamais l'être un temps aimé, on ne l'oublie pas pour autant. On lui offre simplement un bail à vie dans un petit coin de notre cœur. Et on lui rend visite de temps en temps pour se rappeler de lui ou d'elle, de ce que l'on a vécu durant une période de notre vie, de ce qui a participé à forger la personne que l'on est aujourd'hui. Ce n'est pas un secret ni un remède miracle, nous passons tous par là, avec plus ou moins de difficultés et de remous. Mais c'est un mécanisme qui prend du temps, une course marathon, et Adam a seulement franchi la ligne de départ. Toutes ces pensées ont beau défiler dans sa tête, elles ne sont pour le moment que de jolis concepts théoriques. Il s'en fiche de tout cela, elle lui manque horriblement et en cet instant, il serait prêt à tout pour la retrouver. Et alors qu'il referme la porte du cinéma derrière lui et qu'il rejoint une rue peuplée de personnes qui discutent, rient et rendent vivant ce joli coin très fréquenté du centre-ville ; Adam s'arrête net. Mélanie. Mélanie. Son cœur s'emballe, toutes ses pensées disparaissent, un petit sourire apparaît sur son visage. Elle est là. Il la voit, à quelques mètres de lui. Une vague de joie le submerge parce qu'en toute honnêteté, c'est un peu ce qu'il espérait. Dans une ville comme celle-ci, un soir de week-end, aux alentours d'un de ses endroits préférés, toutes les conditions étaient réunies pour qu'ils se croisent, forcément, à un moment ou à un autre. Et le moment était enfin arrivé. Adam se remet rapidement du petit choc qui vient de le secouer et se dirige vers elle. Il évite quelques passants en pratiquant un slalom des plus adroits et enjoué pour s'offrir une meilleure vue sur elle. Et il s'arrête net à nouveau. Stupide. Stupide. Ce n'est pas elle. Et à y regarder de plus près, cette jeune femme prise pour cible ne lui ressemble même pas beaucoup. Crétin. Qu'est-ce qui t'a pris ? Tu croyais vraiment qu'elle allait passer juste à ce moment-là parce que t'avais envie de la revoir ? Elle n'est pas là. Elle n'est plus là. Et le vide intersidéral qui s'était comblé durant quelques secondes fait son retour tel un effondrement qui vient dévaster tout l'être d'Adam. La tristesse reprend sa place. Le jeune homme baisse la tête et fait un demi-tour sur lui-même. Il met les mains dans ses poches et commence à déambuler tristement dans la rue pour rentrer chez lui, créant un puissant contraste avec la joie et l'allégresse qu'il laisse derrière lui.

Adam arrive devant la porte de son appartement. Sortir les clés et ouvrir la porte lui semble déjà une opération insurmontable au vu de son état de fatigue émotionnelle. Il réussit tout de même à aller chercher les quelques dernières forces qu'il lui reste. En refermant la porte derrière lui, la première chose qu'il ressent l'envie de faire est de s'écrouler sur le sol et de s'effondrer en pleurs. Mais il n'en a même pas la force. Rien. Il est incapable de faire quoi que ce soit. Plus rien n'a de sens, ni de saveur. Que faire maintenant ? L'action la plus banale n'a plus aucun intérêt. Enlever sa veste ? S'asseoir ? Allumer la télé ? Se servir un verre ? À quoi bon ? Adam reste planté debout dans l'entrée de son appartement tel un androïde à qui l'on aurait retiré sa source d'énergie vitale. Puis il jette un œil sur une des étagères situées en face de lui, à quelques mètres, et semble enfin y trouver un semblant de motivation. Il avance en traînant des pieds et tend le bras pour y saisir un disque disposé de face, de manière à être mis en valeur devant le reste de sa grande et belle collection. Un trente-trois tours de Bob Dylan, le volume de *The Bootleg Series* qu'il avait longtemps cherché. C'est elle qui l'avait déniché et lui avait offert, avec un adorable message écrit au stylo sur le verso, « pour le rendre collector », avait-elle plaisanté. Il regarde pendant un moment la couverture avec une grande mélancolie. Il réussit ensuite à se mouvoir, mais toujours avec beaucoup de lenteur, telle une tortue, mais pas de celles qui gagnent la course. Terminus de ce train de la déprime : la chambre. Il entre, enlève ses chaussures en les faisant glisser avec ses pieds, les laissant traîner par terre, et se couche sur la couette jaune à carreaux de son lit qui a été tirée avec application. Adoptant la position fœtale, il sert le disque contre sa poitrine.

Adam ferme les yeux.

On peut tout trouver si on cherche avec le cœur, l'amour comme les notes de musique. Avec toute mon affection.

Mélanie.

Au jeu de l'amour
On ne peut faire l'autruche
Qu'au risque de sortir la tête
Pour ramasser les morceaux
De nos cœurs éparpillés

Signes

Tu les as vus.
Tu le savais, au fond.

Mais tu n'y as pas prêté attention
Tu as décidé de te lancer malgré tout
Fantasmant que les choses pourraient évoluer,
Changer.
Que ces petits détails, ces petits ratés
Ces quelques accrocs passagers
N'étaient en rien des signes.
N'avaient pas de significations propres,
Ni profondes.

« C'est le début ».
C'est ce que tu te dis.

« Tout ne peut être parfait ».
Essaies-tu de te convaincre.

« Ça ira forcément mieux, avec le temps ».
T'improvises-tu diseur ou diseuse de bonne aventure.

Et comment pourrait-on te le reprocher ?
Comment t'en vouloir de ne pas renoncer d'entrée
De ne pas tirer un trait sur cet univers de possibilités
Quand il y a encore tout à faire.
Tout à créer.
Tout à aimer.

Qui pourrait bien être en position de te jeter la pierre ?

Tu te perds dans ses yeux

Tu es hypnotisé(e) par le mouvement de ses lèvres
Tu le ou la regardes évoluer à tes côtés
Bouger, discuter, rire.

Et tu ne veux plus jamais rien voir d'autre.

Pourtant, ils sont là, juste devant toi,
Ces signes.

Le regard peut se froncer, virer au noir,
Les lèvres laisser échapper des mots qui sonnent faux,
La gestuelle subtilement indiquer la sortie.

Tu les vois
Tu le sais
Mais tu n'y prêtes pas attention.

C'est pourtant là que tout se joue
Dès les prémices
Les premiers doutes
Les premières failles.

Tu fonces tête baissée parce que le présent est enchanté
À quoi bon se projeter dans un avenir incertain
À quoi bon envisager le pire
Tout ce que tu désires existe maintenant
Tu le tiens de toutes tes forces
Et tu ne lâcheras pas.
Jamais.

Mais cela ne dépend pas toi.

Les doutes ne disparaissent jamais vraiment
Ils germent et fleurissent
Dans le jardin de nos esprits.

Les failles ne se referment pas parce qu'on le décide
Elles se propagent insidieusement
Et préparent le terrain pour l'effondrement.

Rien de durable n'a jamais été bâti sur de mauvaises fondations.
En quoi vous croyais-tu si différents ?

C'est l'automne
Ta saison de cœur
Et je pense aux fleurs
Que Clara chantonne

Elles vont faner
S'évanouir
Puis se relever
Tout embellir

À l'automne notre amour
S'en est allé
Pour toujours
À jamais

Oublié.

Nos saisons

Un automne, nous nous sommes retrouvés
En hiver, nous nous sommes aimés
Au printemps, tu as reçu mes fleurs
En été, nous avons frôlé le bonheur

À l'automne, tu as eu des doutes
En hiver, j'ai su les apprivoiser
Au printemps, les pétales avaient fané
En été, nous a réchauffés, le soleil d'août

À l'automne, des projets sont nés
En hiver, le froid les a figés
Au printemps, nos sentiments ont décru
En été, nous nous sommes perdus

À l'automne, tu es partie
En hiver, j'ai beaucoup pleuré
Au printemps, j'ai longtemps erré
En été, je n'étais pas encore remis

À l'automne, finalement, il a fallu t'oublier
En hiver, sous la neige, j'ai à nouveau souri
Au printemps, de nouvelles graines, j'ai semé
Qui à l'été, timidement, ont fleuri

Notre multivers

On ne fait pas nos études au même endroit et on ne se rencontre jamais.

Tu ne restes pas dans un coin de ma tête après nos études. Je n'ai jamais l'impulsion suffisante pour te contacter des années après et t'inviter à boire un verre. On s'oublie sans s'être jamais réellement connus.

Tu romps avec moi au bout de deux petites semaines et redonnes une chance à ton ex-petit ami avec qui tout n'était pas totalement réglé. Je refuse de te perdre aussi vite et insiste. Je ne réussis qu'à me faire encore plus mal et retourne à ma vie d'avant.

Tu romps avec moi au bout de deux petites semaines parce que ton ex-petit ami est revenu dans le paysage et que tu doutes beaucoup. Mon expérience passée diffère, c'est une situation que j'ai déjà vécue, et je sais que je finirai par en souffrir plus qu'autre chose. Que nous finirons par en souffrir. Je m'en vais en serrant les dents et ne me retourne pas.

Je n'ai jamais le courage de te dire que tu me fiches des papillons dans le ventre à chaque fois que mon regard se pose sur toi.

Tu restes. Tu m'aimes. Tu apprécies qui je suis. Tu veux croire en nous. Mais je ne te vois pas heureuse, ni épanouie. Je n'arrive pas à m'ôter de l'esprit que tu n'as jamais vraiment voulu être là, à mes côtés. Que tu serais sans doute mieux lotie, ailleurs. Pour une fois dans ma vie, je fais preuve d'assez de courage pour prendre la décision qui s'impose. Tu comprends. J'en garde un goût amer. On ne se reparle plus.

Nous aimons l'idée d'être ensemble plus que la réalité de notre relation. Nous évoluons côte à côte avec respect et affection. Mais il manquera toujours l'étincelle.

Je ne profite jamais pleinement de notre amour parce que je n'ai pas l'impression de te mériter. Ni d'être à la hauteur. Mon propre ressentiment finit par être transféré sur toi. Je ne peux plus me regarder dans le miroir. Tu n'as pas d'autres solutions que de partir. Je n'ai pas d'autre choix que d'accepter cette fatalité.

Tu mets fin à notre relation et j'écris un livre sur nous, parce que je ne sais pas comment faire autrement pour m'en remettre.

Je croise ton profil sur une application de rencontre. J'aime tout ce que tu y as écrit. J'envoie une invitation dont je ne reçois jamais la réponse.

Tu me quittes. Je ne m'en remets pas et ne retrouve jamais personne d'autre. Tu vis quelques relations qui n'aboutissent pas. On se croise par hasard en ville, un début de soirée ensoleillé d'un mois de juin. Tu me fais un signe de loin avec un sourire timide. Je me décide à venir te saluer. Tu m'as manqué. Tu réalises que je t'ai manqué aussi. Une étincelle renaît. On se met d'accord pour se retrouver autour d'une bière.

Nos regards se croisent lors d'un concert. Quelques secondes qui figent le temps au milieu d'une foule en délire. J'essaie de te garder dans mon champ de vision jusqu'à ce que la musique retombe. Tout se bouscule. Les lumières m'aveuglent. Je te perds à jamais.

Nous développons une amitié dans plusieurs réalités. Elle ne tient jamais parce que je ne peux m'empêcher de tomber amoureux de toi.

Tu pars. Nous finissons par nous retrouver. Nous vieillissons ensemble. Tu dis quelques mots à mon enterrement. Tu ne regrettes pas les dix années perdues, parce que les quarante suivantes ont été fantastiques.

Je vis 102 ans et je ne me remets jamais de toi.

T'écouter à nouveau

Chaque fois que je regarde mon téléphone, ce rond rouge me saute aux yeux.
Cette icône de notification qui fait grimper mon anxiété en flèche,
Trace inéluctable d'un passé toujours présent.
Je tente de l'éviter, de le refouler,
Mais il réapparaît sans cesse sous mon nez.

Tu as essayé de m'appeler il y a quelques jours.
J'ai vu ton nom apparaître sur l'écran,
Ton visage.
Mon cœur s'est emballé,
Mon cerveau submergé,
Mon corps tout entier resté figé.

Tu m'as laissé un message, quelques secondes qui me sont consacrées,
Des mots intangibles qui errent sur un serveur, quelque part.
Un instant suspendu qu'il ne tient qu'à moi d'attraper.
Recréer ce pont que nous avons brûlé dernièrement.

Mais je ne peux me résoudre à l'écouter.
Je n'en ai ni la force, ni le courage.
Je ne peux envisager d'entendre ta voix sans m'écrouler.
Être témoin d'un « bonjour » détaché,
Et ne pas sentir mon cœur imploser.
C'est une marche que je ne suis pas encore prêt à gravir.

Je voudrais pouvoir te remercier d'avoir appelé,
Et de continuer à le faire.
Te montrer que ça ne me laisse pas indifférent,

Que c'est simplement plus fort que moi.

Mais tu sais sans doute tout cela,
Parce que malgré ce que tu peux en dire,
Tu me connais.

Et je sais que tu continueras à essayer,
Parce que je te connais.

Les ronds rouges sont condamnés à s'empiler,
Mais je garde l'espoir secret,
De pouvoir à nouveau t'écouter.

Remake

Je te parle encore comme si tu étais là.

Je m'assois sur le canapé que l'on a souvent partagé et j'imagine que tu es littéralement assise à côté de moi et que l'on discute. Je fais la conversation pour deux, j'anticipe tes réponses et réactions et je relance en fonction. Les débats sont enflammés et on ne tombe jamais d'accord, comme toujours, alors on s'en moque et l'on rit. Des éclats francs et décomplexés. Je suis persuadé que si une personne passait devant la porte de l'appartement à ce moment précis, elle t'entendrait, elle aussi. On n'a jamais vraiment ri de la sorte, mais autant refaire les choses bien.

Je rejoue les conversations majeures que l'on a eues. Les oppositions et les disputes, surtout. J'essaie de corriger ce qui n'allait pas, d'améliorer ma repartie et mon éloquence. Je ne dis plus ces paroles maladroites qui déforment bien trop le véritable fond de ma pensée. J'ai le recul suffisant pour exprimer mon avis et mes sentiments et je ne reste pas silencieux, ne faisant qu'aggraver la situation. Je transforme également tes répliques pour ne plus en avoir peur. Pour les interpréter de manière plus positive. Pour éviter de tomber dans une dramatisation instinctive. Ce qui me permet alors de ne pas me décomposer et de répondre avec plus de sérénité et d'assurance.   Nos prises de tête se terminent de manière tellement plus digne et lumineuse que l'on pourrait se serrer dans les bras, les larmes aux yeux, si tu étais réellement présente.

Je te parle comme si tu étais là dans tous les petits moments de la vie. Des choses que l'on partageait ensemble et que je fais désormais seul. Parfois, je me retourne et je te parle comme si tu étais derrière moi. Je te donne mon avis sur le film que je viens de voir et j'écoute le tien, comme nous le faisions à l'époque. Je t'entends te moquer dans la cuisine parce que j'ai laissé brûler les légumes et je contre-attaque d'une repartie foudroyante pleine d'affection. Je dois sentir ta présence pour réguler le manque. Je dois te garder à mes côtés, même à travers une présence factice, pour que ma vie tienne sur ces béquilles le temps de guérir de mes blessures.

Je te dis tout ce que je n'ai jamais pu te dire quand tu étais là pour m'écouter. Les trucs tout bêtes en surface et les choses un peu plus lourdes qui pèsent en profondeur. C'est plus facile à exprimer quand tu n'es présente que par simple manifestation de mon esprit. On pourrait considérer que c'est une manœuvre totalement vaine qui n'apporte rien de constructif. Mais étrangement, mon cœur s'en trouve souvent plus léger. Ça ne change rien pour toi, ni pour nous, puisque tu n'entendras jamais tout ce que je fantasme de te dévoiler. Mais quelque part, pour moi, je te l'ai dit. Ces confidences se sont réellement passées. C'est loin d'être idéal, mais je m'en accommode.

J'ai amélioré nos dialogues, peaufiné la mise en scène et changé la fin. Notre premier film s'est fait descendre par la critique, mais je suis convaincu que le *remake* sera bien meilleur. Accepterais-tu de le voir ?

Photos de toi

Je regarde encore des photos de toi
Je suis frappé par ta beauté
Un direct du droit à l'estomac
Comme au premier jour
Et au deuxième
Et au dernier
À jamais damné

Je tombe encore sur des photos de toi
Tu n'es pas toujours seule face à la caméra
Tu es parfois accompagnée
Entourée
Un instantané de vie
Dont je ne fais plus partie

Je clique toujours sur les photos de toi
Celles que tu illumines
De ton sourire
De ta présence
Je me fantasme derrière l'objectif
D'une vie qui n'est plus la mienne

J'examine toujours les photos de toi
Et je ne m'arrête plus sur le cadre
Je vais droit à l'essentiel
Au fond des yeux
Et je vois à travers
J'y décèle la tristesse
Que j'aimerais pouvoir faire disparaître

Je me souviens encore de photos de toi
Parfois d'avant

D'un autre temps
Elles errent dans ma tête
À la recherche des mots
Qui les feront disparaître

Je regarde encore des photos de toi
Je le fais pas toujours exprès
Ça m'est parfois imposé
À d'autres moments
Une volonté
Que je finis toujours par regretter

Je regarde toujours des photos de toi
Et malgré le temps qui s'écoule
J'y devine encore celle que tu as a été
Parmi les traits de ce visage
Que mes mains s'étaient promises
De ne jamais lâcher

Paul & Rimbaud

J'ai toujours aimé ce que peut renvoyer l'image d'une personne assise seule à une table d'un café, lisant un livre retourné sur lui-même, écrivant quelques mots dans un carnet, inspirés par le moment, appréciant simplement l'instant présent. L'« ici et maintenant ». Cette personne qui semble dégager tellement d'assurance et de bien-être, assez en tout cas pour assumer sa solitude et l'afficher aux yeux de tous, sans s'en excuser le moins du monde. Le temps suspendu alors que tout autour continue de tourner. Il y a une certaine poésie dans cette image. Ajoutez à ce tableau le cliché de l'atmosphère parisienne et du cachet d'un petit endroit peu fréquenté et plein de charme ; on frôlerait la perfection.

En errance dans la capitale, à la poursuite de ma future vie professionnelle, je n'ai pu éviter la réalisation de ce fantasme. En quelques tapotements de doigt aguerris, je trouve l'endroit qui me parait idéal pour allier mes passions pour le café et la littérature, et servir de théâtre à ma petite saynète immodérément chorégraphiée. Je me retrouve, peu de temps après, assis à une table de ce joli petit café à la devanture d'un bleu tirant vers le violet (que les spécialistes des teintes définiraient sans doute par « lavande ») dont l'un des pans de mur constitue littéralement une grande bibliothèque, que je n'aurais pas eu le temps de fouiller mais qui j'en suis persuadé, regorge de certains des plus beaux mots jamais écrits. Cet endroit portait, et porte toujours, le nom ô combien évocateur de *Paul & Rimbaud*. Avec un duo comme celui-là, je ne pouvais pas m'être trompé.

Les portes sont ouvertes en cette belle journée d'été et le courant d'air chaud caresse l'arrière de mes jambes, alors que j'avale une gorgée de mon cappuccino et repose mon grand verre, à côté d'un petit carnet de notes et d'un exemplaire de *The Catcher in the Rye*, inlassable compagnon de route. Les errements et questionnements d'Holden Caulfield résonnent toujours beaucoup avec ma propre vie, mais probablement encore un peu plus à cette époque. Je m'étais donc plongé dans une énième relecture de ce classique intemporel. Après quelques paragraphes et plusieurs gorgées caféinées, je tourne mon attention vers mon carnet et la grande vague d'Hokusai dressée sur sa couverture. Stylo en main, j'ai soudainement eu envie de t'écrire.

Ça n'avait pas de sens. Ce n'était pas une lettre. Il n'y avait ni début, ni fin. Simplement des pensées. Celles du moment. Celles qui nous prennent et s'emparent de nous sans que nous ayons l'occasion de les pondérer. Et généralement celles qui repartent aussi vite qu'elles sont arrivées. Simplement de passage. « Entré par une oreille et sorti par l'autre », c'est l'expression consacrée. Une ligne droite. Mais je crois que c'est plutôt un tourbillon, il n'y a rien de linéaire là-dedans. Une tempête de l'esprit qui soulève toutes les feuilles de nos sentiments, déterrant les plus enfuies, les faisant valdinguer, tournoyer, s'entrechoquer et danser les unes avec les autres, quelques instants, puis les laissant longuement retomber à leur place lors de son départ abrupt et précipité. Il ne reste finalement de son passage que quelques mots, écrits à la hâte, condamnés à ne jamais être lus.

Les miens parlaient d'amitié, je crois. Le recoin de mon esprit chamboulé par ce tumulte éphémère renfermait l'idée d'une hypothétique relation amicale dans un avenir proche. Il se demandait si ce serait possible. Si j'en aurais la force. Et s'il s'agissait vraiment de ce dont j'avais envie, au fond. Avec le recul, mon cerveau cherchait sans doute des solutions pour te garder dans ma vie, pour éviter d'avoir à rompre tout lien entre nous. Malgré la situation, malgré mon cœur brisé, malgré la vie que tu te reconstruisais loin de moi. C'est toujours la même question, n'est-ce pas ? Comment peut-on, du jour au lendemain, dire adieu à cette personne avec qui tant de choses ont été partagées. Qui a été le centre du monde durant une partie de notre courte existence. J'aimerais détenir la réponse. J'aimerais connaître la recette magique. Ce que je savais, ce que je pensais savoir, c'est que l'amitié ne l'était pas. Pas pour nous. Parce que pas pour moi. Par où aurions-nous commencé ? Sauvegarder ce qui existait et restaurer les ruines de notre complicité passée ? Tout détruire et rebâtir sur les cendres de notre histoire ? Aurais-je dû accepter que certaines blessures ne cicatrisent jamais si elles restaient proches de toi ? Continuer à te compter dans ma vie devait prendre le pas sur mon bien-être et ma santé mentale ?

Les feuilles se démêlent, perdent leur vitalité et retombent à leurs positions initiales dans l'automne de mon esprit. Je réalise que ces associations d'idées aussi intéressantes soient-elles en théorie, sont bien futiles dans notre cas. J'ai tendance à croire que l'on peut seulement envisager la préservation d'une relation platonique si les deux parties ont préalablement donné leur accord pour rompre le contrat les liant intimement.

Je n'ai jamais rien signé.

Mais je n'ai pas besoin de toutes ces projections et envolées mentales pour savoir qu'il n'y a aucune issue possible dans cette direction. Tout se dessine devant mes yeux, au bout de mes doigts. Plus mon cerveau reprend le contrôle de son jardin, plus les mots qu'il produit sonnent comme une vieille rengaine désuète qui annonce ma perte. Les circonvolutions sauvages s'apprivoisent en lettre d'amour. Je ne peux me retenir de parler de ton sourire, de ton regard malicieux ; d'évoquer ta sobre douceur. Où que je sois, quoi que je fasse, peu importe le sujet sur lequel je tente de mettre des mots, tout s'articule fatalement autour d'un seul fait avéré qui reprend constamment le dessus. Tu me manques.

Il est alors temps de poser le stylo, il n'y a guère d'intérêt à replonger là-dedans et écrire une nouvelle fois les mêmes choses sur toi. Les belles choses sur toi. Mon verre est vide depuis longtemps et je crois que le charme de la situation initiale s'est presque totalement évaporé. Cette heure d'indépendance censée accentuer l'instant présent s'est involontairement transformée en retour en arrière mélancolique. Je range mes affaires et décide de suspendre ce petit moment entre deux parenthèses douces-amères. Je quitte le café et fantasme à nouveau de te laisser derrière moi en partant.

Julien Baker

I can't think of anyone else. (Je ne peux penser à personne d'autre.)

Ces mots retentissent en moi d'une vibration dévastatrice, telle une onde de choc après une déflagration. Et ce n'est pas simplement l'effet des haut-parleurs positionnés à proximité, ni de la présence de Julien Baker quelques mètres face à moi lorsqu'elle lâche ces vagues successives de vers foudroyants. Ces paroles résonnent au plus profond de mon être parce qu'elles touchent à la vérité du moment. Elles s'insinuent à l'intérieur, creusent et retournent tout ce que je tentais d'enfuir depuis des mois. Je me retrouve à nu, sans défense, les genoux jouant des castagnettes et les yeux commençant à prendre l'eau. Mais je ne suis pas surpris. J'étais préparé.

Je connais Julien Baker depuis quelques années, certains de ses titres me parlaient et pointaient régulièrement le bout de leur nez dans mes playlists. Mais durant l'année qui s'est écoulée, sa musique s'est imposée comme ma bouée de secours. Depuis que tu es partie, elle est devenue ma bande son quotidienne. Mon obsession. Ma survie. Dans la voiture le matin pour aller au travail, dans le bus le soir pour rentrer après une journée assommante, dans mes moments de solitude, durant mes inspirations créatives ; jusque dans mon lit, téléphone à côté de l'oreiller et écouteurs dans les oreilles. Sa voix, ses notes de guitare ou de piano, ses textes d'une profondeur réflexive ; tous les ingrédients de la seule recette pour laquelle j'avais encore de l'appétit. Et ce, aussi bien pour le meilleur que pour le pire, parce qu'autant Julien est lumineuse de par son génie et toute l'âme qu'elle met dans son œuvre, autant ce qu'elle transmet dans ses textes et son interprétation est grave et sombre. Mais c'est exactement ce que je cherche, ce dont j'ai besoin. Je ne peux écouter de choses joyeuses et optimistes quand je vais mal, comment pourrais-je m'identifier alors ? J'ai besoin que la musique reflète mon malheur, que la douleur de l'artiste résonne avec la mienne. Et j'ai trouvé une sœur d'infortune à travers elle. Je me nourrissais de sa mélancolie, je trouvais l'ataraxie dans sa sensibilité à fleur de peau. Je pouvais respirer la tête sous l'eau à travers l'expression de sa sincérité.

C'est donc loin d'être la première fois que j'entends *Something*, loin d'être la première fois qu'elle me fait un effet dévastateur. Mais l'entendre à travers le grésillement d'un diamant sur un vinyle, ou depuis la compression d'un service de streaming, et avoir Julien Baker en face de soi se livrant à cœur ouvert et déversant toute sa puissante intimité aux quelques personnes venues la voir ; ce sont deux expériences bien différentes. J'avais anticipé de ne pas retenir mes larmes. J'avais prédit qu'il s'agirait sans doute du concert le plus intimiste auquel j'aurais la chance d'assister. Celui qui me toucherait et me bouleverserait avec le plus d'efficience. Et j'étais pourtant encore loin du compte.

Cette bulle souterraine qu'est la *Maroquinerie* participe à encapsuler ce moment et à en faire une expérience incomparable et hors du temps. Tout le monde est réuni en arc de cercle, au plus proche d'elle, et n'attend qu'une chose, qu'elle fasse vibrer ses cordes sensibles et envoie toute sa vérité nous percuter en plein cœur. Que sa voix nous dresse les poils, que ses mots caressent nos blessures. Elle fait tout toute seule avec ses pédales et ses boucles, gère la distance avec le micro et la puissance de sa voix comme personne. Son timide sourire est un rayon de soleil dans la brume de nos questionnements existentiels. Elle n'est pas venue pour se montrer et en faire des tonnes, simplement pour livrer ce qu'elle est. Établir une ligne directe dont la connexion durera entre une heure et le reste de notre vie. Humilité, authenticité, pureté ; ce que la musique devrait être, peu importe sa forme, son style ou ses origines. Nous chantons en chœur avec elle parce qu'on ne peut retenir notre amour, parce qu'on l'entend, la comprend ; parce que la connexion est établie et qu'elle fonctionne dans les deux sens. Elle a du mal à retenir ses larmes lorsqu'elle nous entend lui renvoyer ses paroles et les faire résonner avec encore plus de ferveur. Submergée, elle s'arrête de chanter quelques secondes et recule pour gérer ses émotions. Elle nous confie que l'on ne s'en rend sans doute pas compte, mais chanter avec elle lui donne envie de sourire alors qu'elle raconte les moments les plus difficiles qu'elle a traversés. Elle nous avoue que nous l'aidons à guérir. Si elle savait à quel point elle m'a aidé à guérir à son tour, cette année, et continue de le faire. Ce qui est sans doute également le cas pour la majorité des personnes présentes pour elle ce soir. Cette cave devient une authentique tente de sudation dans laquelle Julien joue le rôle de chamane et invoque les esprits auxiliaires par son chant, nous guidant dans une transe thérapeutique, une euphorie salvatrice.

Tout remonte depuis le fond des tripes telle une bénédiction. Il ne faut jamais enfuir les choses et espérer qu'elles disparaissent, il faut les chanter. Les écrire, les dessiner ; les raconter. Les exprimer, en somme. Les sublimer à travers l'art. Les revivre encore et encore jusqu'à ce qu'elles perdent leur emprise. Julien le sait et me le fait comprendre. Alors j'ouvre toutes les vannes. Je te laisse remonter. Je me mets en condition de réceptivité totale et laisse les vibrations musicales passer à travers moi et t'expulser tel un esprit qui aurait pris possession de mon corps. Ta forme astrale se décroche de moi et apparaît au-dessus de ma tête. Je la regarde s'évaporer, disparaître, annihilée par le pouvoir ambiant d'une introspection exorcisante. Je n'ai pas le temps de la pleurer, ni de lui dire au revoir, je suis pris dans cette transe qui me fait tout ressentir à la fois. Je ne suis moi-même qu'une onde vibratoire parmi tant d'autres. Mais cette fois elle sonne juste, elle semble alignée avec l'univers, synchrone. Tant que Julien Baker joue, tant que je suis près d'elle pour recevoir de la plus pure des manières tout ce qu'elle a à m'offrir, j'ai la sensation d'être à ma place. D'avoir déniché mon petit coin de l'univers dans lequel je me sens en phase. Plus grand chose n'a d'importance, plus rien ne peut me bousculer et me faire trébucher. Si cette salle est devenue une galaxie, j'en suis une étoile insaisissable.

Ce soir-là, dans le sous-sol d'une salle de concert parisienne, au cours de l'un des plus beaux moments que j'ai vécus, il s'est définitivement passé quelque chose de mystique. J'en suis sorti plus léger, aérien, ayant évacué quelques réminiscences douloureuses de notre histoire grâce aux pouvoirs de la musique, de la sincérité et du partage. Le pouvoir de Julien Baker.

Comment vas-tu ?

Tu sais, j'ai l'impression de beaucoup me plaindre. À travers mes mots, dans ces textes qui ne te sont pas directement adressés, mais qui ne semblent pouvoir parler d'autre chose que de toi. Je m'apitoie beaucoup. Et... Je suis sans doute en droit de le faire. C'est l'une des prérogatives d'un cœur brisé. Je crois que c'est également une manière d'affronter la situation. De gérer la douleur. Et à terme, peut-être, d'y passer outre.

Et puis, chacun est en droit de se comporter comme il le souhaite pour s'en sortir. On ne doit rien à personne. Si ce n'est à nous-mêmes. L'expérience nous est propre. Notre douleur aussi. Tout comme notre manière de la surmonter.

Mais dans tout cela, au milieu de ces jérémiades et cet apitoiement sans point final, de la diabolisation dont tu es victime à travers mes sentiments couchés sur le papier ; j'en ai sans doute occulté une chose importante. Je suis peut-être naïvement tombé dans cette croyance erronée qu'une rupture est unilatérale. Que la douleur n'est pas partagée. Que seule la personne quittée souffre. Qu'il ou elle est seul(e) à voir son monde être réduit en miettes qu'il ne reste plus qu'à ramasser une par une, les genoux au sol et les larmes aux yeux.

C'est une façon très simpliste de voir les choses. Et extrêmement pratique, à n'en pas douter. Moi qui me targue de savoir faire preuve d'empathie au quotidien, je n'aurais pas su être à la hauteur dans une situation qui me touche personnellement et profondément.

Alors, j'ai envie de m'adresser à nouveau à toi. En faisait preuve d'un peu plus de bienveillance, cette fois. Pour te poser une simple question.

Comment vas-tu ?

Nos retrouvailles

Nous ne nous sommes pas revus depuis des mois. Depuis notre rupture. Depuis que j'ai franchi le pas de ta porte en sachant qu'il s'agissait de la toute dernière fois. J'ai laissé échapper un « je t'aime » de dépit, sans doute dans l'espoir puéril de te faire douter une toute dernière fois. Mais tu étais décidée et le point final était irrévocable. Nos regards ne se sont plus croisés ensuite. Jusqu'à aujourd'hui.

Tu m'as contacté, me demandant si je souhaitais aller boire une bière en ta compagnie. J'aurais sans doute décliné poliment l'invitation si elle s'était présentée un peu plus tôt, lorsque je n'étais toujours pas en capacité de maintenir ensemble tous les morceaux de mon corps et de mon cœur. J'aurais eu trop peur de tout lâcher et de devoir à nouveau les ramasser et les assembler. Mais je crois qu'à ce moment précis de ma vie, je sentais qu'il était temps de franchir le pas. De se revoir. De tenter le diable.

De manière toute naturelle, nous avons choisi l'un de nos pubs préférés, à tous les deux. Théâtre de nos premiers rendez-vous. La symbolique ne m'échappe pas. Ni les risques accompagnant un tel choix. Allions-nous boire un verre en compagnie de nos fantômes du passé ? Je ne suis pas certain que la bière se conserve aussi longtemps, elle pourrait se révéler un goût amer en bouche. Mais je n'ai pas envie de réfléchir à tous ces parallèles et de spéculer sur ce qui pourrait aller de travers. Je me sens déjà assez anxieux en l'état. Et quand je suis submergé d'une telle vague d'anxiété, il est rare que je passe une nuit paisible. Paye tes cernes. Je fais également tout mon possible pour contrôler au maximum les variables externes, comme arriver largement en avance au rendez-vous. Je me retrouve alors seul devant le pub avec une tête de zombie. Tant pis pour l'inévitable bonne impression qu'il faut afficher face à ses ex-partenaires, je me contenterais de ne pas me liquéfier sur place. Du bon côté des choses, nous approchons de la fin du printemps et les températures commencent à être plus douces, je n'aurais pas, en plus du reste, à me soucier d'un bonnet qui décoiffe et d'un nez qui coule.

Je te vois arriver au loin et un sourire s'incruste sur mon visage sans mon accord préalable. Réflexe ou préméditation inconsciente, peu importe, je prends cela comme un signe positif. Je n'allais tout de même pas t'accueillir en tirant la tronche ou en paraissant constipé d'une anxieuse neutralité. S'amorce le premier moment délicat de ces retrouvailles : les salutations. Il faudrait vraiment établir des règles écrites et officielles pour ce genre de situation, parce qu'on ne sait jamais comment se comporter. Se faire la bise, s'enlacer, faire un geste de la main à distance raisonnable mais pas trop glaciale ? Sérieusement, donnez-nous un guide à suivre, le tout est déjà assez stressant sans que l'on ait à subir ces moments gênants. Je reste immobile et ne prends aucunement l'initiative. Je n'ai pas forcément à le faire, voilà le bénéfice de mon plan machiavélique consistant à arriver en premier. Tu t'arrêtes devant moi et me dis simplement salut, avec un petit sourire, toi aussi. Je réponds la même chose et on s'en sort plutôt bien. Je t'invite tout de suite à entrer pour rester sur une victoire et ne pas se perdre dans des amorces de discussions qu'il vaut mieux garder de côté pour tout à l'heure.

Tu n'as pas changé, tu es toujours aussi ravissante à mes yeux et capable de me coller des papillons dans le ventre comme personne d'autre. C'est une sorte de torture prophétisée de te voir là, devant moi, tout en connaissant notre situation actuelle, tout en sachant que tu ne l'es que pour quelques heures, au mieux, et que l'on devra à nouveau se quitter. C'est une explosion de sentiments ambivalents qui me submerge et que je n'arrive pas à maîtriser. Je ne sais pas si tu le remarques mais il me faut quelques minutes pour m'adapter et réussir à les enfouir quelque part où il y a de place. Quelques minutes pour être pleinement présent face à toi et dans notre conversation. Lorsque je reprends mes esprits et que ma boussole interne indique à nouveau le nord, quelque chose me frappe, comme un coup insidieux derrière la tête. La distance. Tu te tiens à quelques centimètres de moi, mais il existe désormais un fossé entre nous. Ce n'est pas totalement imprévisible, je pouvais m'y attendre. Mais l'envisager en théorie et le ressentir véritablement sont deux choses qui vous atteignent de manière bien distincte. Tu n'as pas changé, et tu m'apparais pourtant si différente. Certes, je te connais toujours aussi bien et j'aurais pu commander cette bière blanche au bar sans même avoir à te demander confirmation. Je retrouve cet éclat juvénile dans tes yeux quand tu te laisses aller à un sourire franc et communicatif. Mais tu n'es plus celle que tu as été avec moi, tu n'interagis plus de la même manière. Un peu plus distante, moins chaleureuse ; sur la réserve, sans doute. C'est en tout cas de cette manière que je le perçois, et le ressens. Et je réalise que cette personne qui me semble presque étrangère ne l'est pas, je la connais même plutôt bien, en vérité ; c'est celle que tu étais avec les autres. C'est la manière que tu as de te comporter dans tes relations sociales. Et je me souviens avoir été fier et heureux, il fut un temps, de ne pas faire partie du reste du monde, d'avoir une version spéciale de toi ; une version bien à moi. Et j'ai alors beaucoup de mal à maintenir ensemble les morceaux de mon cœur qui menacent à nouveau de se séparer quand l'horrible vérité atteint mes neurones : cette version de toi s'est envolée à jamais. Je ne la reverrai plus.

J'essaie de m'accrocher à la conversation, mais mon esprit divague. Et ce n'est pas seulement l'effet de la seconde pinte. Une nouvelle fois, je suis incapable de vivre pleinement dans l'instant présent. Je repense au passé et à notre histoire. À notre rupture. Je revois mon départ déchirant de chez toi. J'essaie de me rappeler à quels moments les évènements ont tourné en notre défaveur. Ce que l'on aurait pu faire pour s'en détourner et choisir une autre voie vers un avenir meilleur. En somme, je me fais le montage ultime de tous les films qui ont été réalisés par mon esprit depuis que l'on s'est quitté. Et je me projette aussi dans le futur. Pas très lointain, simplement dans quelques heures, quelques minutes. Je te dis au revoir et j'observe, impuissant, ce visage que j'aime tant se détourner et disparaître dans la direction opposée à la mienne. On a fait le tour des sujets de conversation importants, de nos vies. Nous avons recollé les morceaux des puzzles que nous avons abandonnés en cours de route. Il y a eu quelques références attendrissantes au passé, quelques instants de légèreté. Mais quelque chose sonne faux. Il est difficile de mettre le doigt dessus. Je suppose qu'en soi, il s'agit d'un mélange de tout ce que j'ai pu ressentir depuis que l'on s'est retrouvé tout à l'heure. Et que finalement, cette tonalité déviante est tout ce qu'il y a de plus normal. J'ai beau avoir l'impression que tu n'as pas changé, que nous n'avons pas changé, ce n'est qu'une illusion. Une vision idéalisée, produit d'un esprit qui refuse des faits avérés. Nous avons des vies bien différentes désormais. Nous sommes des individus différents, que nous le voulions ou non. Et s'il y a ne serait-ce qu'une chose à retirer de ce rendez-vous, c'est bien qu'il me permette de me rapprocher un peu plus de cette vérité et de son acceptation.

Il est temps de se quitter et nous pouvons nous dire toutes les banalités attendues sur le fait de se revoir bientôt, l'impression qui agrippe mon estomac est bien celle d'un nouvel adieu. Et je suis nul pour les adieux. J'ai toujours la sensation que l'on arrache une partie de moi que j'appréciais plutôt bien, et que j'aurais éventuellement aimé conserver. L'instinct de survie prend les commandes et souhaite en finir rapidement, tirer sur le sparadrap d'un coup sec. Tant pis pour les regrets s'il s'avère que c'est effectivement un adieu et la dernière fois que l'on se voit. Je te souhaite une bonne soirée avec un sourire en coin mi-figue mi-raisin dont j'ai le secret, et je m'en vais sans plus me retourner avant même d'entendre ta réponse. Sur le chemin du retour, c'est à nouveau un feu d'artifice d'émotions et de pensées qui valdinguent dans tous les sens à l'intérieur de ma caboche. Je positionne les écouteurs dans mes oreilles et envoie la musique pour les mettre en sourdine. Après quelques notes de guitare signées *The Lumineers* sur lesquelles je porte toute mon attention, je réussis à retrouver une certaine paix, à l'exception d'une pensée qui m'obsède. Je me demande ce que toi, tu ressens. Ce qui parcourt ton esprit alors que tu te retrouves toi aussi seule en compagnie de tes pensées. Comment as-tu vécu ces retrouvailles ? C'est bien le drame, on ne peut jamais savoir ce qui se trame dans la tête et le cœur des autres. Jamais complètement, en tout cas. Je me surprends à espérer que ce n'était pas trop désagréable pour toi. J'espère également que je ne t'ai pas trop donné l'impression d'être à côté de la plaque. Tu vois, j'ai toujours cette volonté de faire bonne impression et de me montrer sous mon meilleur jour avec toi. Il faut croire que l'on n'apprend jamais de ses erreurs.

Rien de tout cela ne s'est réellement passé. En réalité, nous ne nous sommes jamais revus. Étrangement, nos quelques tentatives au fil des années ont toujours avorté. Et quelque part, c'est sans doute la raison de la persistance de cette idée dans mon esprit. Si tu savais le nombre de scénarios du genre que j'ai pu mettre en scène dans ma tête. Celui-ci n'en est qu'un parmi tant d'autres. Mais je crois qu'il s'agit sans doute du plus abouti, de celui qui s'approche le plus de ce qu'auraient pu être nos retrouvailles.

Tu disais constamment
          "je parle trop"
Mais j'aimais t'écouter

Tu disais invariablement
          "on ne parle pas assez"
Mais j'aimais nos silences

Je disais constamment
          "je t'aime"
Mais tu ne m'aimais plus

Je disais invariablement
          "tu me manques"
Mais tu ne m'écoutais plus

Dernière lune

Existe-t-il quelque chose de plus beau et de plus poétique sur terre que le reflet éblouissant d'une pleine lune ricochant sur la surface d'une étendue d'eau ? Lui, pense que non, qu'il ne peut pas y avoir de meilleur moment que celui-ci. D'instant aussi paisible, d'atmosphère aussi idyllique. C'est bien la raison pour laquelle il a décidé de venir s'asseoir ici, sur le haut de cette petite colline surplombant ce grand étang, réceptacle idéal de cette lumière céleste. Avec pour seul compagnon une bouteille d'un spiritueux déjà à moitié vide, qu'il tient dans sa main et qu'il sirote machinalement à intervalles réguliers, le regard perdu dans le vide. La rosée a déjà bien recouvert de son humide couverture l'herbe sur laquelle il est assis, en cette nuit de fin de printemps déjà bien entamée. La fraîcheur se fait elle aussi ressentir et l'unique T-shirt qu'il porte sur les épaules n'est sans doute plus une parade suffisante. Mais rien de tout cela ne l'importe, l'alcool et la beauté du moment le réchauffent de l'intérieur et son esprit est déjà loin de ces préoccupations bien trop terre-à-terre.

Alors qu'il amène de nouveau le goulot humide à ses lèvres et que la réalité reprend un semblant d'emprise sur lui durant quelques secondes, il ressent une présence à ses côtés. Il oscille légèrement le regard vers la droite et découvre une main posée sur l'herbe, toute proche de lui. Il relève les yeux et l'aperçoit dans son entièreté, observant elle aussi avec fascination le spectacle dont il était jusque-là le seul témoin chanceux. Il laisse apparaître un léger sourire désabusé et reprend son poste d'observation, regard droit devant.

- Pourquoi je ne suis même pas surpris ? Lâche-t-il après quelques instants de silence, reprenant une gorgée brûlante.

- Je ne sais pas, pourquoi ? Répond-elle, tournant enfin la tête vers lui, révélant son visage.

Il oriente à peine la tête à son tour pour jeter un coup d'œil furtif avant de reprendre sa position de prédilection, comme pour montrer qu'il ne tient pas à accorder trop d'importance à sa présence, qui ne gâchera en aucun cas son moment de solitude. Mais il le fait surtout par réflexe et pour vérifier qu'il s'agit bien d'elle ; parce que son visage, il le connaît par cœur. Il pourrait dessiner ses traits et contours au crayon imaginaire rien qu'en fermant les yeux. Ce minois bien trop attendrissant qui lui serre à coup sûr le cœur, il le voit constamment, quoi qu'il fasse. Il est hanté par lui et n'a pas encore trouvé d'exorcisme satisfaisant. Cette robe d'été lumineuse aux motifs orange et bleu, il la connaît bien également. À en croire son apparence, il serait tenté de penser qu'elle est exactement telle qu'elle était à l'époque, il y a des années de cela, avant que leurs routes ne se séparent. Tenté de fantasmer que le temps et ses grands rouages se seraient arrêtés de tourner.

- Qu'est-ce que tu fais ici, tout seul ? Reprend-elle après un long moment de silence et aucune réponse de sa part.

- Tu devrais le savoir si tu es là aussi.

- Je préférerais que tu me le dises.

Il prend une longue et profonde inspiration et expire tout l'air de ses poumons d'un coup sec.

- Je suis là parce que je n'ai envie d'être nulle part ailleurs, avoue-t-il avant de reprendre une gorgée. Je suis ici parce que je n'ai ma place nulle part.

- Tu sais que c'est faux.

Il hésite un instant à répondre du tac au tac, mais se retient. Il prend quelques secondes de réflexion et se sent d'humeur à être honnête et ouvert. Un simple moment de faiblesse durant lequel il recherche peut-être une main tendue vers lui. Alors pourquoi pas la sienne ?

- Je ne suis pas doué pour ça.

- Pour quoi ?

- … Vivre.

Il retourne à nouveau vers elle et lui lance un regard empli de désespoir, au travers d'une paire d'yeux d'un vert humide.

- Ce n'est facile pour personne, tente-t-elle de le rassurer, soutenant son regard d'un sourire réconfortant.

- Non, je n'ai pas besoin de ces banalités. Elles n'ont jamais aidé personne. Je ne cherche même pas à ce qu'on m'aide, d'ailleurs ! Se reprend-il immédiatement en levant les bras.

Ils laissent alors tous les deux passer un moment de silence, avant qu'il ne reprenne de lui-même, sans qu'elle n'ait à le relancer.

- À chaque fois… dès que je m'ouvre… et crois-moi, c'est pas facile pour moi ! Et c'est... Il balbutie un peu sous l'effet de l'alcool qui commence à se faire implicitement ressentir. Il tente de reprendre ses esprits. Chaque fois que je laisse entrer… peu importe ce que je laisse entrer... et que je prends le risque de… ils finissent par me quitter...

Un lourd silence s'installe alors qu'il n'a plus la force ni l'envie d'expliciter son ressenti de manière plus claire. Mais elle semble avoir partiellement compris ce qu'il tente de verbaliser, et s'adresse à lui avec beaucoup de compassion dans la voix.

- Je suis sincèrement désolée pour ton… Commence-t-elle avant d'être abruptement coupée.

- Tu me manques ! Je t'aime et tu me manques. Et je ne t'ai jamais oubliée. Et tu le sais sans doute aussi bien que moi puisque tu n'es qu'une projection de mon esprit.

- C'est ce que je suis ?

- Probablement. Me parler à moi-même, j'ai l'habitude, c'est juste la première fois que ça me paraît aussi réel. J'ai dû bien taper dans la bouteille.

- Tu me manques aussi.

- Tu dis ça parce que c'est moi qui parle à travers toi. J'essaie de me rassurer moi-même, quelle blague. La vérité c'est que tu as refait ta vie il y a longtemps et que tu n'es plus là. Tu n'es plus ici.

- Pourtant, je suis bien réelle.

Elle approche alors sa main et la pose sur la sienne. Il ressent comme une petite décharge électrique au contact et retire immédiatement sa main, reculant dans un élan de frayeur.

- Qu'est-ce que… ? Il essaie de comprendre ce qui se passe en regardant ses mains, puis à nouveau la personne qui lui tient compagnie. Est-ce que tu serais… Une sorte d'esprit ?

Hasarde-t-il sans grande conviction, un peu paumé.

- AH ! Elle est bonne, rigole la jeune femme qui n'a pas pu se retenir, ne s'attendant pas à cette réaction. Le ton de sa voix module légèrement, une variation qui n'échappe pas au garçon qui connaît si bien l'empreinte de ce timbre. Non, non. Bon, regarde à côté de toi. Elle montre du doigt des flacons vides éparpillés dans l'herbe, sur sa gauche. Les gens oublient les dernières minutes, parfois. Tu n'es pas simplement venu ici boire un coup et admirer la vue.

- Je ne comprends pas. Qu'est-ce qui se passe, bon sang ? La perplexité se transforme rapidement en inquiétude qui l'envahit tout entier.

- Tu as pris toutes ces pilules, que tu as fait passer avec ton breuvage, là. Juste après avoir dit, et je cite, "Je laisse tomber". Ce sont tes derniers mots.

- Mes derniers… ? Je suis… ? Il regarde à nouveau ses mains comme pour se prouver qu'il est toujours réel. Une terreur sourde passe à travers lui comme un éclair, qui vient mourir dans la terre, sous ses fesses. Une fois passé, son organisme retrouve un état d'homéostasie et il commence à réaliser ce qui est en train de se passer. Il ne sait plus quoi ajouter, a peur de poser les questions dont il redoute les réponses. Il n'aura pas à le faire. Le fantôme de sa vie passée assis à ses côtés s'apprête à soulever son drap blanc.

- J'ai pris l'apparence d'une personne que j'ai trouvée omniprésente dans ton esprit, pour que la transition soit plus agréable et moins traumatisante.

- C'est… Perturbant, maintenant. Vous n'avez pas, genre, une cape et une faux ? Se rendant compte de la trivialité de sa remarque et reprenant doucement ses esprits, il revient tout de suite sur sa question. Non, oubliez ça.

- Non, je n'ai pas de faux. Mais vous les vivants avez beaucoup d'imagination. Il va par contre falloir y aller, maintenant.

- Attendez ! Je me souviens de rien ! Est-ce que… Est-ce que c'est vraiment ce que je voulais ?

- Je ne peux dire.

- Mais… Il baisse la tête et regarde la bouteille couchée qui finit de se vider de son contenu dans l'herbe à côté de lui. Il se plonge à nouveau dans l'horizon durant quelques instants, pour faire le point. Je crois que oui… En tout cas, je me sens bien. Et j'ai pu te voir une dernière fois. Enfin, non, pas vous ! Elle ! Bref. Je ne sais pas si je suis prêt pour autant.

- C'est malheureusement hors de propos.

- Oh. Ok… Vous ne rigolez pas, vous. Il tente de prendre la situation avec une certaine légèreté et utiliser le sarcasme comme mécanisme de défense. Il n'a jamais su faire autrement. Au moins j'ai choisi la pleine lune, il y a sûrement pire comme cadre.

- Ce ne sera vraiment la pleine lune que demain.

Ses nerfs se relâchent et il éclate de rire, se moquant de lui-même et de cet ultime coup du sort.   - Même ça, je l'ai raté.

- Mais… Avant de… Est-ce que je peux vous demander une dernière faveur ?

- Pourquoi pas. Mais après, on décolle. J'ai du boulot.

- Est-ce que… Vous pourriez prendre l'apparence de mon Pastel, juste quelques instants. Vous avez dû le croiser.

- Ce n'est pas mon service qui s'occupe des animaux. Mais je le vois dans ton esprit, alors oui, je peux.

La jeune femme assise à ses côtés semble lentement disparaître derrière un étrange tourbillon de fumée grise. Le temps d'entendre le bruit d'un courant d'air qui se faufilerait entre deux portes ouvertes, et l'effet mystique se dissipe déjà pour laisser derrière lui un adorable chat noir. L'animal reconnaît tout de suite son ami et saute sur ses genoux en miaulant. L'étreinte est forte. Elle n'a rien à envier à celle de deux humains. Le jeune homme le caresse alors que le chat frotte la tête contre sa poitrine. Il ne peut retenir ses larmes. Il profite du moment, de ces retrouvailles inespérées, autant qu'il le peut. Mais il sait que le temps est compté. Et à peine le temps d'y penser, la réalité vient déjà frapper à la porte de cette douce rêverie.

- Il est l'heure, intervient une voix qui semble résonner de partout autour de lui.

- Je dois faire quoi ? Capitule-t-il, son chat toujours dans les bras.

- Ça, c'est mon boulot. Mais tu peux fermer les yeux. Parfois, ça aide.

Il prend une dernière grande inspiration qu'il relâche avec fébrilité, et réduit son champ de vision jusqu'à clore complètement ses paupières. La ronde lumière d'une lune brillante persiste un instant dans le noir abyssal, avant de s'estomper progressivement. Son corps inanimé est couché dans l'herbe depuis de longues minutes. Au beau milieu de cet espace vert figé dans la froideur de la nuit, un voile sombre continue de s'abattre sur un monde silencieux, resté indifférent.

Interlude

~

Voir la mer

I

Je regarde une dernière fois l'horizon. C'est ma dernière soirée avant de reprendre la route demain. Ma valise est déjà prête et je ne sais pas si j'ai envie de rester ou si je suis plutôt soulagé de rentrer. Plusieurs jours à errer à la recherche de réponses dont je n'ai même pas les questions. Cette petite escapade se sera avérée aussi illusoire qu'elle était improvisée. La mer est face à moi, étendue aqueuse qui ne semble dessiner aucune limite si ce n'est celle de la profondeur de notre champ de vision. L'absorption du soleil tout entier il y a quelques minutes a assombri sa couleur azur. Elle se meut de manière calme et monotone, dégageant une certaine sérénité, presque silencieuse. Mais je sens bien qu'au fond, elle se moque de moi, la sale garce.

Je n'ai jamais eu beaucoup d'affinité avec la mer. Ou plus exactement la plage, ce concept de « partir à la mer », pour les vacances. La perspective de passer mes journées à dorer au soleil, à m'allonger à la parallèle d'inconnus à moitié nus, telles des baguettes que l'on enfournerait et dont la seule caractéristique discriminante serait le temps de cuisson. Du sable partout, tout le temps, qui se faufile dans des espaces du corps qu'on préfère ne pas visiter trop fréquemment. Et puis voir des gens se trimballer en maillot de bain, franchement, c'est le délire de qui ? Ça patauge, ça s'éclabousse, ça s'envoie la balle, ça rit ; ça s'amuse et se réjouit comme si on ne vivait que deux semaines par an. Je ne tiens pas à participer, ni assister à ce déballage aliéné. J'aime ma peau blanche fantôme, et entre nous, si j'ai envie de me rafraîchir, je saute sous la douche, je ne vais pas m'exhiber devant tout le monde à faire le guignol dans une eau encore plus salée que ma note d'allemand au bac. Non, la mer, ce n'est pas pour moi.

Pourtant, ces jours-ci, j'ai envie de la voir, cette mer. Mais pas celle de la famille nombreuse baignant dans la crème solaire, non ; celle des films. La mer romantique et salvatrice.

Celle que vont voir les personnages de fiction sur un coup de tête parce qu'ils ont besoin de faire le vide. Ils montent dans leur voiture, roulent le temps de mettre en boîte quelques plans, et arrivent pile au moment du coucher de soleil dans un magnifique coin paumé plein de charme dont personne n'a jamais eu connaissance à part eux. Ils garent leur véhicule sur le bord de la route et vont s'asseoir dans le sable ou les galets (ceux-là ne se faufilent pas partout) pour regarder la mer au loin dans un esprit d'introspection totale. Et là, immanquablement, ils atteignent un niveau de clarté suffisant pour prendre une décision majeure qui va changer leur vie. Pour la grande décision, on repassera. J'ai juste envie de rejouer la scène. Envie de me retrouver seul face à cette immensité bleue. Me donner l'illusion de recul, le sentiment même furtif d'être remis à ma juste place au sein de l'univers. Sortir mon petit carnet de notes, mon stylo, et trouver l'inspiration dans les réflexions des étoiles à la surface de l'eau. Écrire quelques jolis vers, quelques débuts de textes qui ont assez de cœur et de personnalité pour donner quelque chose de valeur. C'est cette mer-là que j'aimerais rencontrer, avec elle que j'aimerais partager un moment.

Dans une période de remise en question profonde, doublée d'une volonté assumée de fuir les quelques responsabilités qui m'incombent, je décide de m'octroyer quelques jours de retraite aux côtés de la grande bleue pour éprouver cette vision romancée que je m'en fais. Et trouver l'inspiration. Et pourquoi pas, me trouver moi-même. Oui, je lui en demande beaucoup. Mais il faut t'y faire ma grande, tu n'es pas seulement là pour mouiller les fesses des gamins, tu représentes aussi un symbole qu'il faut assumer. Je fais le choix de la proximité et de monter vers le nord, un climat un peu plus froid mais sans doute moins de touristes, d'autant plus que l'on débute déjà la période d'hors-saison. Ayant réservé un appartement un peu au hasard (l'un des moins chers), et après avoir passé une soirée entière à choisir ce qui allait prendre beaucoup trop de place dans ma petite valise pour ne finalement pas être utile, me voilà déjà au volant de ma voiture de bon petit matin. Il y a toujours un sentiment très libérateur dans le fait de laisser quelque chose s'évanouir dans le rétroviseur et de prendre la route vers une destination inconnue. D'accord, moi, je sais où je vais et tout est plus ou moins planifié, ce n'est pas une raison de me gâcher mon fantasme à la Jack Kerouac pour autant. De toute manière, je mets la musique à fond et je ne vous écoute plus. Il n'y a plus que la route et moi. Et mon anxiété, mes doutes, ma mélancolie. D'accord ? Je ne sais pas très bien ce que je vais chercher, en réalité, et je suis assez pessimiste sur le fait de le trouver. Mais depuis quand cette lucidité nous arrête-t-elle ?

Je lâche mon sac sur le sol de l'appartement et je comprends pourquoi je ne risque pas de me ruiner en y restant une semaine. C'est aussi froid et inhospitalier qu'un studio de résidence universitaire. Un peu de couleur et de décoration ne ferait pas de mal, mais ils ont pris le temps de poser un mini cactus sur une mini table basse style nordique et d'accrocher une horloge désuète au mur, alors qui suis-je pour me plaindre ? Heureusement, c'est très lumineux grâce à une grande porte-fenêtre et, intérêt principal : la présence d'un petit balcon sur lequel je pense pouvoir tenir avec une chaise et mon ordinateur portable, l'essentiel est sauf. Et je n'ai pas eu et n'aurai sans doute pas à croiser le propriétaire des lieux, vive la technologie et l'automatisation à outrance. Cela m'évite un moment gênant de politesse socialement forcée : « Ah oui, c'est chouette, c'est encore mieux que sur les photos, c'est fou. », lui aurais-je lâché avec mon sarcasme naturel. Après le petit tour d'horizon rapide, je m'avance vers la fenêtre que j'ouvre grand pour prendre une bouffée d'air marin. Le problème est qu'elle se trouve cinq rues plus loin et que je ne sens strictement rien d'ici, à part peut-être les relents de friture qui remontent des fast-foods de la rue, un étage plus bas. Encore un cliché désenchanté. C'est comme ces personnes qui entendent le bruit des vagues dans des coquillages, ils sont bien mignons mais ils doivent avoir le cerveau légèrement submergé. Je m'attaque au coin cuisine, et quand je dis « coin », ce n'est pas qu'une figure de style. Je commence par le frigo parce que c'est toujours drôle ce que l'on peut retrouver dans les frigos de biens en location. Sauf quand ils sont vides. Et il est vide. Même pas de boîte d'olives ouverte ou de bouteille de soda à moitié consommée. Quelle déception. Je relève la tête et tombe nez à nez avec une machine à expresso flambant neuve. Mon cerveau semble s'en lécher les babines avant de réaliser qu'il n'y a pas de capsules de café à disposition. Classique. Je déteste les gens qui font ça, leur but est de nous narguer ou quoi ? Tu crois franchement que je me balade avec des capsules de café dans ma valise ? J'ai payé si peu cher que tu ne peux pas te permettre de m'offrir un café ? À croire que la présence d'une machine d'une certaine marque redonne du cachet à l'appartement. Crois-moi, il en faudra bien plus que ça dans le cas présent. Et de toute manière, ce n'est pas écolo, mon gars. Un brin agacé, je décide de sortir prendre un café à l'extérieur, en bord de mer, après tout c'est un peu pour cette raison que je suis venu ici. Je ne prends même pas le temps de jeter un œil à la chambre en sortant, les photos mettaient suffisamment en valeur son confort militaire. Mon sac à dos sur une épaule, j'attrape les clés posées sur la table et je m'aventure à la découverte de je-ne-sais-plus-quoi-sur-mer.

Je commence à sentir des effluves salés alors que je tourne au coin d'une rue qui donne enfin sur le front de mer. Je vous épargne les dernières minutes durant lesquelles j'ai réussi à me perdre et à repasser deux fois devant l'immeuble où je crèche. Moi et mon légendaire sens de l'orientation. Mais ça y est, elle est là devant moi, la grande dame. La destination du pèlerinage des âmes perdues. La source de mes espoirs à demi verbalisés. La petite plage de sable s'étend de tout son large de l'autre côté de la route, derrière un petit muret blanc qui arrive à la hauteur des genoux et que les enfants sont obligés d'escalader en tenant la main de leurs parents. Je pourrais aller marcher dans le sable et respirer l'instant fantasmé. Peut-être même enlever mes chaussures et mes chaussettes pour sentir le sable chaud entre mes doigts de pied. « Yolo ». Mais elle m'a fait voyager jusqu'ici, je n'ai pas envie de lui donner satisfaction tout de suite, elle peut patienter encore un peu. Et moi, je tuerais pour ma dose de caféine. Je la défie du regard et me retourne théâtralement pour trouver un café sympa où me poser. La rue est envahie de restaurants aux devantures bleues et aux logos en forme de poisson, et c'est là que je me dis que ça risque d'être coton pour le végétarien que je suis. Pris au piège dans la profusion de restos qui couvrent mon côté de la rue, quelques commerces de souvenirs et d'essentiels de plage débordent de fournitures jusque sur la rue pour essayer de se faire remarquer. Ça y va à coups de présentoirs de cartes postales immenses qu'il faut tourner au moins cinq fois pour en faire le tour, de rangées infinies de planches de surf et de tongs multicolores alignées les unes derrière les autres, de chapeaux en folie positionnés un peu partout où il reste de l'espace libre, de ballons pour tous les sports imaginables, de seaux et de pelles en plastique, de nattes de plage enroulées comme des posters, et l'immanquable, les grosses bouées gonflées suspendues sur toute la devanture. Qui a besoin d'autant de trucs pour aller poser ses fesses sur du sable ? J'avance le long du trottoir pour trouver un endroit qui m'inspire confiance et tombe sur un grand crocodile vert foncé pendu par la queue. De ceux qui ont des poignées sur le dos pour pouvoir monter dessus, se donner l'impression d'apprivoiser la bête. Je me mets à imaginer qu'il s'agit de la carcasse du vrai reptile qui est mise en vente et présentée aux yeux de tout le monde, comme on pourrait le voir dans un marché oriental, ou un endroit dans le genre. Je visualise un client entrer pour se le procurer pour le dîner : « Oui, bonjour, ce serait pour le crocodile pendu à l'extérieur », « Bien sûr, vous souhaitez que je vous le fasse livrer ? », « Oh non, ça va aller, je vais le prendre sur les épaules ». Et le gars repart en mode Crocodile Dundee dans les rues, mais pas avant que le vendeur lui ait conseillé d'ajouter de la menthe fraîche s'il souhaitait en faire de la soupe. Toutes les devantures des commerces de bouche s'amalgament dans mon esprit, et connaissant par cœur mon indécision pathologique, je décide de m'arrêter au hasard sur une terrasse relativement vide.

Je pose mon sac à dos en équilibre entre le pied de la chaise et ma cheville droite, ce qui me permet de sentir instantanément si un ninja se glisse discrètement sous les tables pour me chourer mes maigres affaires. Les ninjas des plages courent toujours après les sacs à dos des touristes. Je repose mon dos contre le dossier de la chaise pour me donner un air décontracté et j'observe les tables autour de moi. En face, un vieux couple en est déjà au dessert, elle a pris une tarte que je crois être aux poires et lui, seulement un thé. Ils sont silencieux, mais pas de ces silences qui mettent mal à l'aise parce qu'on ne sait pas quoi se dire, chez eux on sent bien qu'il y a de la complicité et de l'affection dans cette absence de conversation. C'est un silence que l'on peut seulement assumer et maîtriser après des années de relation, lorsque les fondations sont tellement solides qu'elles ne bougent plus. J'aimerais bien connaître une relation comme celle-ci, que l'autre personne ne passe pas son temps à me dire que je ne parle pas assez. Deux tables plus loin, une famille qui coche toutes les cases du cliché : un mari, une épouse, un garçon, une fille. Les enfants sont encore en maillots de bain, enroulés dans des serviettes jusqu'à la poitrine, des sacs remplis de jouets et accessoires divers à leurs pieds. Ça se taquine, ça rigole, le couple découpe la viande de leurs progénitures respectives et s'envoie des regards tendres. J'en rendrais presque mon croissant du matin s'il n'était pas digéré depuis longtemps. Ça me fait penser qu'on approche de la fin du service de midi et que je n'ai rien mangé. Je suis parti tôt dans la matinée pour arriver en tout début d'après-midi et je n'ai pas prévu de plan ravitaillement. Je ne sais pas trop si j'ai envie de dépenser mon argent d'entrée dans ce boui-boui, je pourrais toujours me régaler des viennoiseries en caoutchouc de ma valise et d'un verre d'eau du robinet en rentrant à l'appartement. Mais toutes ces réflexions m'ont mis d'humeur pour l'apéro, alors tant pis pour le café, faites entrer la binouze. Je jette un regard à tête chercheuse à l'intérieur du restaurant pour essayer d'y repérer un serveur ou une serveuse. Je vois un mec passé avec un carnet de notes dans les mains, c'est sans doute un bon indicateur sur son rôle en ces lieux. Dommage, j'aurais préféré une femme, je me sens toujours plus à l'aise avec les dames, allez savoir pourquoi. Je sens bien qu'il a vu que je m'étais installé sur sa terrasse, mais il me fait le coup de l'attente. Ils vous font toujours le coup de l'attente. C'est la même blague que durant les concerts, entre la première partie et le plat de résistance, quand les techniciens viennent faire mumuse avec les instruments et balancer des « one, two, one, two » dans le micro. On sait pertinemment que tout est réglé à l'avance et que leur unique but est de nous faire patienter. L'attente créer le désir, doivent-ils se dire. T'en fais pas, mon vieux, je serais prêt à me damner pour l'avoir, cette bière.

Le serveur se décide enfin à venir vers moi pour prendre ma commande. Je me redresse et croise son regard à distance, j'ai envie de lui montrer une décontraction naturelle et une certaine classe. J'ai toujours besoin de m'imaginer dans la peau de quelqu'un d'autre pour gagner en assurance. Un personnage de la télévision ou du cinéma qui m'inspire le respect et à qui j'aimerais ressembler. Je repense à ses mimiques, à sa manière de se tenir, de parler, de s'adresser aux gens. Mettons que je sois dans un contexte professionnel pour lequel je me dois d'assurer, et que je me sens d'humeur à mettre la barre très haut, je vais tenter d'invoquer l'esprit d'un Don Draper, par exemple. Posséder la pièce et l'attention de mon audience. Mais là, il faut vraiment que je sois bien dans ma peau, parce que le Donald, il pue quand même bien la classe. Si par contre je me sens d'humeur sarcastique et que j'ai envie de jouer les guignols attendrissants, ce qui me correspond déjà un tantinet plus, je me pencherais plutôt du côté d'un Pacey Witter, ou d'un Seth Cohen. Enfin, vous voyez le truc. J'essaie de jouer des rôles. Ce qui ne devrait pas tant vous choquer, puisqu'on le fait tous. Au quotidien, selon le contexte. En fonction des personnes que l'on a face à nous. Parfois même avec soi, face au miroir de la salle de bain, pour éviter d'affronter le regard de l'acteur qui se cache derrière le personnage. Le problème, c'est que je ne suis pas très bon acteur. Je crois que j'ai ce fameux trac. Je connais mon rôle par cœur, je le répète, je suis enthousiaste derrière le rideau et gonflé à bloc quand je monte sur scène, et d'un coup plus rien. Il n'y a plus que le vrai moi face au public, et il a sacrément moins de choses à raconter. Ça me refait le coup à l'instant. Je crois qu'il voit tout de suite dans mon jeu, il sent avant même de m'adresser la parole que je ne suis pas naturel. Et ça, ça me fait redescendre direct, ça me coupe la chique. Alors je bégaie un peu en lui demandant ce qu'ils ont comme types de bière. Je me décontenance tellement que je perds le fil de sa réponse, je n'ai retenu que les deux premiers noms. J'en choisis une des deux au hasard et j'oublie de la demander en pinte. Ce n'est pas grave, abrégeons mes souffrances, mettons fin à ce calvaire ; au secours. Il me demande si je souhaite aussi déjeuner et j'ai envie de lui répondre que je n'ai pas le budget pour me faire un resto à tous les repas, mais lui il s'en fout de ça et je ne suis pas en état de lui proposer cette repartie, alors je réponds d'un timide « non, merci ». Il repart avec ma commande et je relâche une grande bouffée d'air, les yeux fermés. Ce que je peux craindre, parfois. Je sors un petit carnet d'écriture de mon sac, que j'ai appelé ainsi pour impressionner les gens qui me demanderaient ce que c'est, parce qu'en vérité, je n'y ai pas encore inscrit un traître mot. Mais essayons de positiver, c'est pour cette raison que nous sommes venus voir la mer, moi et mon esprit romantique. Le cadre est idéal, tourne ta chaise en direction de l'horizon, inhale le moment présent et ponds-nous quelques vers pleins de grâce et de légèreté balnéaire. Le bruit du verre posé sur la table en faux bois me sort de ma rêverie et je me raidis à nouveau sur ma chaise. « Et voilà », ajoute le serveur. Pris de court, il fait demi-tour avant je n'arrive à lâcher le « merci » syndiqué. Il va sans doute me prendre pour un mec manquant de la plus rudimentaire des politesses. Je ne me fais pas prier pour fuir dans le liquide jaune/orange houblonné qui m'appelle de sa mousse aguicheuse. La poésie attendra.

De retour à l'appartement, je n'ai toujours rien mangé, ni écrit. Je n'ai pas non plus été affronter la Mer. Pas qu'elle me fasse peur, n'allez pas croire. Je me sens juste pas prêt. Pour être dans de bonnes dispositions, il faut que je sois dans une dynamique positive. C'est toujours pareil avec moi. Il me faut des petites victoires pour me préparer pour les gros matchs. Et là, je sais pas, je le sens pas. L'apéro improvisé me fait l'effet d'une défaite, ou au mieux d'un match nul à domicile. La bière n'était même pas si bonne, et c'est quand même la moindre des choses que l'on peut attendre du Nord ! Je m'assois sur le canapé qui donne plutôt la sensation d'être un clic-clac défoncé quand je sens les lattes craquer sous mes fesses. Je tire mon grand sac vers moi et j'en sors un paquet de viennoiseries sous vide. Je fais péter l'emballage plastique comme un gros dur et j'engloutis d'une bouchée assurée la moitié du croissant huileux et pâteux qui colle aux dents. Par réflexe, je lève mes jambes pour poser mes pieds sur la table du salon, mais celle-ci est placée trop loin pour l'atteindre, et je ne lui ferais même pas confiance pour supporter ce poids. Tant pis, je stoppe mon mouvement dans son élan et je tente à la place un « manspreading » des familles en écartant les jambes comme si j'étais le roi de toute chose. Je repense alors à l'autre, dehors, qui m'attend toujours et me défie de venir la confronter. Je me dis qu'il n'y a pas urgence, j'ai encore plusieurs jours pour le faire. Ne crois pas que je fuis, ma vieille. Ou seulement vers l'avant, jamais vers l'arrière ; c'est toujours ça. Cherchez pas, en termes de procrastination, vous avez rencontré le maître. Si je devais être un super-héros, je serais sûrement super-procastinator. Ou Procrasti-Man. Ou quelque chose dans le genre, ça demande un peu de marketing, ce qui n'est pas forcément ma tasse de thé. J'aurais le pouvoir de constamment repousser au lendemain tous les affrontements avec les vilains pour me concentrer sur les chats coincés dans les arbres. Je finirais sans doute par devoir tout gérer d'un coup et me faire défoncer par les vilains rassemblés en une alliance mortelle. Mais bon, j'ai toujours vécu au jour le jour. Alors, demain. Je vais m'installer sur la terrasse pour le reste de l'après-midi et essayer de pondre quelques paragraphes dans la douleur. Ensuite, je me plongerai dans un bouquin pour retrouver de jolies phrases, et au lit. Faire de beaux rêves de voyages à la mer.

II

Je vous vois bien à me fusiller du regard avec vos yeux emplis de jugement. Oui, ça va faire trois jours que je suis là et je n'ai toujours pas fait ce pour quoi je suis venu. En quoi ça vous regarde, d'abord ? Et puis d'ailleurs, ce n'est pas très juste de l'affirmer de la sorte, j'ai fait des trucs, ok ? J'ai peut-être continué à repousser la confrontation tant attendue, mais excusez-moi, j'ai fait d'autres choses passionnantes ! Je suis sorti faire le tour des librairies de la ville, ce qui, je l'admets volontiers, se résume à une seule, pas très bien fournie, en plus. J'ai écrit un poème sur les mouettes et les vieux messieurs qui partagent des sandwiches sur les bancs. J'ai déjeuné dans un restaurant chic du centre-ville qui vous prend votre veste à l'entrée et vous tire votre chaise. J'ai commandé une sorte de soufflé aux moules qui avait l'air bien trop raffiné pour ne pas l'essayer. Je ne mange pas de viande mais je me suis dit que ces trucs ça ne mène pas non plus une vie de fou dans leurs coquillages, c'est quasiment des morts-vivants en temps normal alors je n'ai pas trop de quoi me sentir coupable. Et je suis tombé sur aucun mini crabe. C'est le truc le plus horrible les minis crabes qui se cachent comme des lâches dans l'estomac des moules pour faire une apparition surprise, une fois qu'ils se trouvent entre vos mâchoires. Ils sont encore pires que les ninjas des plages, niveau fourberie. C'était l'une de ces petites victoires de ne pas tomber sur les minis crabes et ça m'a mis de bonne humeur pour le reste de la journée. Je me suis mis à envisager d'aller affronter la grande bleue, mais j'étais vraiment d'humeur à apprécier les belles choses de la vie, avant ça, alors j'ai décidé de terminer mon cheesecake au champagne et d'aller faire un tour au musée des beaux-arts. Je suis comme ça, quand je me sens bien, j'ai envie d'inspirer à fond les jolies choses pour en garder une partie au fond de moi. J'ai vite déchanté. Je ne sais pas à quoi je m'attendais exactement, mais s'ils avaient voulu être honnêtes avec leurs visiteurs, ils auraient appelé ça le musée de la religion ! Quatre-vingt-dix pour cent de peintures sur l'église et la vierge Marie et des gars qui cassent la croute autour d'une grande table. Franchement, si j'avais voulu admirer une représentation du petit Jésus se faire circoncire, j'aurais pas imaginé que ce serait ici. Et pourtant. Je n'exagère même pas pour produire un effet de style ou quoi, je l'ai véritablement eu en face de moi cette peinture, avec les gouttes de sang et tout. J'ai quand même passé un peu de temps devant chaque œuvre, bougeant la tête de haut en bas en plissant les yeux par moments, pour montrer aux surveillants du musée que je prenais un pied fabuleux. Et puis fallait bien rentabiliser le prix de la place. Je dois bien avouer que les artistes savaient manier le pinceau à l'époque, mais qu'on ne me dise pas qu'il n'y a que les œuvres sur ce thème qui méritent leur place dans ce bâtiment. Ça m'a fait redescendre d'un coup, et même le dernier étage plutôt agréable consacré à l'art contemporain n'a pas sauvé l'expérience.

Mais je vous l'accorde, j'aurai passé plus de temps à l'intérieur qu'à l'extérieur. En même temps, je suis venu m'imprégner d'un cadre, respirer une atmosphère, tenter l'expérience du changement de décor, et non pas aller me balader pour faire les boutiques. D'autant qu'il a plu sans arrêt durant toute une journée ! Je me cherche peut-être des excuses, mais ça ne me déplaît pas tant que ça de rester enfermé, j'ai l'impression de prendre part à une de sorte de retraite littéraire, ce truc un peu mystique que l'on entend souvent dans lequel entrent les auteurs pour en sortir avec un manuscrit achevé. Je fais semblant, comme pour le reste. Je voyage à la poursuite de fantasmes que j'essaie de toucher du bout des doigts pour me donner l'impression de faire partie de cette matrice de création universelle. Si je peux ne serait-ce que frôler cette étincelle, mes poils hérissés suffiront à mon bonheur. Alors je me mets en condition, c'est en soi une première étape essentielle, et s'il y a une chose pour laquelle je suis doté du moindre don, c'est bien d'avancer étape par étape. Au risque de ne jamais dépasser la première, mais c'est là un autre débat. Je me suis fait une petite installation confortable dans le salon pour écrire, à base de canapé, table basse et tabouret qui traînait dans un placard. J'en étais plutôt fier de mon petit bureau de fortune. Je suis passé à l'épicerie en bas de la rue pour acheter les provisions indispensables : une bouteille de whisky et du fromage. J'ai également craqué pour des capsules de café, faites-moi un procès. Le gars qui tient le commerce est un petit vieux franchement aimable, on a taillé une bavette durant quelques minutes, ce qui m'a fait du bien parce qu'il s'agit du seul vrai échange que j'ai pu avoir depuis mon arrivée. Pour le remercier, je lui ai même pris le paquet de chewing-gum en promotion qui me sautait aux yeux dans son présentoir aux couleurs psychédéliques. C'est à la cannelle, qu'il m'a dit. Ça peut pas être mauvais, j'ai répondu.

Depuis lors, j'erre entre ces murs, à la recherche de la sacro-sainte inspiration. Je me dis que j'aurais dû seulement lui acheter un filet d'oranges au petit vieux, et me prendre pour Arturo Bandini. Sacrifier le confort et l'argent pour mon art. Tu parles, quel art ? S'il n'avait publié qu'une seule nouvelle, c'était toujours une de plus que moi. Il pouvait s'en vanter lui de son chien qui rit, et essayer de la refiler à tout le monde ; moi je n'ai que trois textes prétentieux qui parlent de mon pauvre cœur brisé comme si j'étais la seule personne de l'histoire de l'humanité à être passée par là. Un peu d'acidité au fond d'un estomac vide ne me ferait sans doute pas de mal et me servirait de coup de pied aux fesses pas si métaphorique. Je veux écrire quelque chose d'important, de significatif. Qui fasse chavirer les cœurs et les esprits. Qui m'inscrive dans l'air de mon temps. Mais on écrit d'expérience, et je n'ai rien vécu. Ou par procuration ; dans les livres, les films, à la télévision. Est-ce que ça compte ? Les auteurs qui ont écrit toutes ces œuvres, sous une forme ou une autre, ont forcément vécu des choses dans leurs vies, eux. Alors d'une certaine manière, ce qu'ils racontent a du sens, et ce que j'en retire aussi. Faut-il avoir eu le cœur brisé à de nombreuses reprises pour pouvoir en dessiner une image fidèle ? Ou une unique fois suffit-elle ? Ces expériences sont universelles, mais leurs ressentis aussi nombreux qu'il existe d'individus et de cœurs qui battent. Mon mal aux tripes n'est pas le vôtre. Pourtant, si j'essaie de le raconter avec de jolis mots expressifs et éloquents, il résonnera probablement un peu en vous. Je pense que c'est ce qu'il y a de plus beau, que de lire des choses qui nous parlent, nous remuent, touchent notre âme. D'avoir l'impression que c'est écrit pour nous, de se dire que c'est exactement de cette manière que l'on aurait aimé le verbaliser, nous aussi. Alors je m'accroche à cette conviction. Je raconte ce que je ressens et j'espère que cela touchera quelqu'un ayant la même sensibilité que la mienne, quelque part. Cela étant dit, il faudrait pour commencer que les mots sortent de ma tête pour se coucher sur une feuille de papier, et que celle-ci puisse s'envoler vers d'autres horizons pour être attrapée au vol par une personne qui tendrait le bras à la recherche d'un signe.

Pour être totalement honnête avec vous, maintenant que nous nous connaissons un peu, ce ne sont pas les idées qui manquent. J'en ai tout le temps qui me viennent. Je suis presque assailli. En voiture, sous la douche, quand je lis, quand j'observe les gens. Je suis même obligé d'en écarter et de les ranger dans les tiroirs des histoires qui finiront dans l'oubli. Parfois je remets le nez dans ces dossiers pour en sortir un diamant brut, mais la plupart du temps, les pauvres sont condamnées à prendre la poussière. Des histoires à raconter, on en a tous. C'est ensuite que ça coince, lorsqu'il faut produire des mots qui s'associent à d'autres pour essayer de former des phrases pas trop repoussantes. Et ces phrases doivent elles-mêmes se multiplier pour former des paragraphes qui représentent des idées dans une trame plus large. Et si ce n'était pas suffisant, encore faut-il trouver sa propre voix, autant sur le fond que sur la forme, installer un rythme, une mélodie dans l'écriture. Bref, je ne vais rien vous apprendre parce que je n'en ai absolument pas la légitimité. Ce que je sais, c'est que tout ce processus demande implication et méthode, et que c'est sans doute sur ces points précis que je rame. Mais permettez-moi de me poser en victime, ici, et de blâmer toutes les ensorcelantes distractions qui existent sur Internet. Ces saloperies de réseaux sociaux qui proposent l'évasion vers un monde réduit et factice en un seul clic, nous offrant le luxe de ne pas penser à la vie réelle. Toutes ces formidables sessions musicales et toute cette pornographie à profusion. Non, franchement, pas simple de rester concentré. Ce qui fait que je prends avec philosophie l'état lamentable du réseau Wi-Fi de l'immeuble. Sans parler de l'autre distraction majeure : les piles de livres qui m'attendent, imperturbables, prêtes à m'absorber durant des heures. Mais avec eux, en revanche, c'est plus constructif. Ils peuvent même carrément m'aider, me soutenir. J'en ai bien évidemment emporté avec moi. Trois, pour être exact. Ce qui est un nombre plutôt correct, le minimum étant deux. Comment survivre sans avoir au moins un choix possible entre deux bouquins ? Un p'tit Patti Smith, du Bukowski, et une BD de Brian Wood. Quand je bloque sur mes mots, je lis ceux des autres. Plus souvent que non, ils m'inspirent et me donnent envie de me remettre devant mon clavier pour produire d'aussi belles choses qu'eux. *Dévotion* de Patti Smith m'a sorti de ma torpeur, hier. Autour d'une nouvelle centrale, elle raconte sa recherche d'inspiration à la poursuite des grandes figures littéraires françaises dans un Paris qui sert des baguettes-confiture au petit-déjeuner. C'est un peu plus glamour que ma situation géographique, mais je n'ai pu m'empêcher d'en faire un parallèle. D'autant que la grande prêtresse finit son ouvrage par cette flèche envoyée en plein cœur : « Quel est le rêve ? Écrire quelque chose de bien qui serait mieux que je ne le suis, et qui justifierait mes épreuves et mes errances. ». Et elle d'achever : « Pourquoi écrivons-nous ? [...] Parce que nous ne pouvons pas simplement vivre. ». N'en jette plus, Patti, je finis ce verre cul-sec et je me remets au boulot.

Le temps détient cette agaçante manie de ne jamais paraître de la même manière, d'être irrémédiablement relatif. Je me suis réveillé en milieu de matinée avec un mal de dos et l'impression ne pas réellement avoir vécu ces derniers jours. De les avoir rêvés, peut-être, d'en avoir une impression diffuse comme si j'y étais passé à travers tel un être dénué de substance. C'est déjà la dernière journée de ma petite échappée et le goût amer qui persiste au fond de ma gorge me donne la sensation de l'avoir gâchée. On passe notre vie à regretter les choses une fois qu'elles sont terminées. C'est humain, je suppose. Notre condition même de mortels nous apprend que rien ne durera jamais et malgré tout, nous nous berçons dans ces illusions qu'avec un peu de chance, avec un peu de résistance et de force de caractère, certaines choses pourraient subsister. Une relation amoureuse, des souvenirs clairs et détaillés, des cheveux bien fixés sur le crâne, un T-shirt préféré ; notre présence parmi les vivants. En conséquence de quoi, nous ne saisissons pas suffisamment l'instant présent, n'apprécions pas les choses à leurs justes valeurs lorsqu'elles se tiennent devant notre nez. Ou tout du moins, c'est mon gros défaut pathologique et immuable. Je suis certain que vous vous en sortez mieux que moi. Mais bref, je me perds dans des divagations philosophiques de comptoir. Je ne sais même plus ce que je suis venu chercher ici, si je l'ai jamais su. Un vent d'air frais amenant avec lui une source d'inspiration ? Du temps à moi pour écrire dans un environnement revigorant ? Sans doute un peu. Mais il n'y a pas que cela et je n'arrive pas à totalement y mettre le doigt dessus. Ou alors j'ai peur de le faire. Terrifié d'accepter l'évidence. Il reste malgré tout une étape importante, un arrêt essentiel avant de reprendre la route demain matin. Et je crois que le moment est enfin arrivé. Je ne peux plus fuir au risque de vraiment le regretter, cette fois. Je me sers un café dans la formidable machine à ma disposition, tel un élixir serré au courage qui coule goutte par goutte avant de se disperser dans mon organisme et m'offrir la dernière poussée nécessaire. Je me rends compte que j'ai acheté trop de capsules et qu'il en restera, à moins de me shooter avant mon départ. Mais je suis un grand prince et j'essaie de montrer l'exemple, alors je te les laisse, mon gars.

Je suis sorti avec ma veste et mon bonnet et je suis passé m'acheter un sandwich sur le chemin, je sens que la confrontation risque de s'éterniser et on est déjà en fin d'après-midi. J'arrive face à elle, de l'autre côté de la route et je me sens gonflé à bloc. On y est. Je regrette presque qu'il n'y ait pas de caméras présentes pour immortaliser l'évènement. Avec toute la promotion que j'en ai fait et l'attente qui en découle, on se croirait presque dans une grande confrontation sportive. J'espère ne pas essuyer la déception d'un match de boxe qui me verrait être mis K.O. dans le premier round. Je traverse, escalade le muret et me retrouve les pieds dans le sable. Enfin, les chaussures, ne perdons pas la raison. Je me tiens debout et regarde la terreur bleue droit dans les yeux. La cloche a sonné, le combat a commencé. Je tiens quelques secondes sans cligner des yeux, mes lentilles aidant. C'est un moment important, on a droit qu'à une seule première impression, et prendre l'ascendant psychologique d'entrée est crucial, si j'en sais quelque chose. Le round d'observation terminé, je décide de bouger et de m'installer plus confortablement. Il y a encore pas mal de monde sur la plage et quelques courageux dans l'eau, alors je longe le rivage dans l'espoir de dénicher un coin tranquille pour continuer le face-à-face. Je ne te lâche pas des yeux pour autant, ne t'en fais pas, ce n'est pas ainsi que tu prendras l'avantage. Même si le terrain mouvant avale mes chaussures et met mon équilibre à l'épreuve, mon regard ne dévie pas de l'horizon. Après quelques minutes de marche tortueuse, je finis par trouver un espace assez excentré et relativement tranquille, qui m'attire par la présence de quelques rochers qui se sont perdus dans le sable. Je n'aurai pas à m'asseoir parmi ces particules granulaires insidieuses ; ce sera notre ring.

Le voici donc, le fameux cliché qui consiste à s'asseoir face à la mer à la recherche d'une clarté salvatrice. Si je n'attendais pas le déclic magique, je dois bien avouer qu'il y a quelque chose de spécial dans l'air, et ce malgré tout mon scepticisme et la mise en scène télégraphiée qui ampute à la situation tout son hypothétique naturel. Tu es impressionnante, ma grande, je dois bien t'accorder cela. Et… J'ai du mal à l'avouer, mais on se sent bien à tes côtés. Tu es apaisante. Et tu offres le cadre propice à l'introspection, à n'en pas douter. Ce qui ne veut pas dire que tu as gagné pour autant ! Remballe-moi ce sourire victorieux, tu as des avantages innés non négligeables qu'il ne faudrait pas omettre. C'est forcément plus facile quand la nature vous dote d'une taille pareille et que l'on s'étend sur tout l'horizon. Je n'ai pas à me plaindre, je suis plus grand que la moyenne, mais je ne peux pas rivaliser avec toi là-dessus. Et puis, tu triches carrément avec tes foutues vagues, dont la constante mélodie bercerait n'importe quel être sans âme. J'ai beau être constitué à quatre-vingts pour cent d'eau, je n'ai aucunement la possibilité de la remuer de manière aussi gracieuse et hypnotisante. Et si je m'y essayais cela ressemblerait probablement à une danse ridicule provoquant un malaise dont personne n'aurait envie d'être le témoin non consentant. Alors je ne sais toujours pas quoi penser de toi, précisément. D'autant que si tu proposes un cadre serein et bienveillant qui pousse à la réflexion, c'est quand même nous qui nous tapons tout le boulot ! Tu es là pour écouter, au mieux. Ouais, t'es une bonne psychologue, en fait. J'ai échangé un canapé douillet contre un rocher glacé. La séance coûte moins cher, cela dit. Je vais donc en profiter et continuer notre bataille de regards. Je ne m'avouerai pas vaincu tant que tu ne m'auras pas donné les réponses que je cherche. Et ce, après avoir trouvé les questions que je dois me poser. Tu ne t'en sortiras pas sans peine.

Les heures passent et le soleil s'est couché depuis quelque temps déjà, je n'ai plus de notions de l'heure qu'il est et je ne souhaite pas forcément retrouver mes repères dans l'immédiat. C'est aussi bien si l'on partage ce moment quelque part hors du temps. Après tout, tu es intemporelle. On te l'avait déjà dit ? C'est ce que je balance à toutes les filles que j'essaie de séduire, qu'elles sont intemporelles. Ce qui doit sans doute expliquer que je n'ai eu aucun rendez-vous galant ces deux dernières années. J'ai beau essayer de tourner le problème dans tous les sens, je n'en connais que trop bien son cœur indénouable. Si je suis à la recherche de moi-même, c'est que quelque chose s'est brisé en moi. J'ai perdu une partie de moi lorsqu'elle est partie. De cela, on s'en remet toujours, c'est une partie qui ne nous appartenait pas complètement dès le départ. Mais d'être abandonné en raison de ce que vous êtes, par la personne qui vous connaît le mieux, ça, ça détruit vos fondations. Alors on essaie de se retrouver, de se réinventer, de reconstruire quelque chose de différent, de plus solide. Peut-être plus beau et moderne, aussi. Et on voyage à la mer sur un coup de tête parce que l'on a éprouvé toutes les autres options qui se sont présentées à nous pour tenter de passer à autre chose. D'aller de l'avant. De pouvoir se concentrer sur soi et que cela soit suffisant. Alors d'accord, je ne me cache plus derrière mes blagues, mon air détaché et mon combat au sommet. J'affronte plutôt mes sentiments. J'accepte que malgré tous mes efforts, je n'arrive pas à l'oublier. J'ose avouer qu'elle ne quitte pas mes pensées et que si je n'arrive pas à écrire, c'est parce que je ne peux écrire que sur elle. Mais une fois que l'on a dit ça, quelle est la suite ? Est-ce que l'on vient seulement te voir pour apprendre ce que l'on sait déjà ? Ce serait un dénouement sacrément décevant. Souviens-toi que l'on a des téléspectateurs, on ne peut pas finir là-dessus, c'est un coup à se faire railler comme pas possible sur les réseaux sociaux. J'aimerais trouver la solution. Ressentir ce déclic. Mais la vérité que je fuis énergiquement est la suivante : ça ne fonctionne pas comme ça. Je sais au plus profond de mon âme que nous sommes impuissants, nous ne contrôlons rien, et surtout pas le moment où l'on passe de l'autre côté. C'est peut-être ça, finalement. Tu n'es que le reflet de notre âme. Tu renvoies ce qui existe déjà à l'intérieur de nous, l'embellissant légèrement avec ton cadre enchanteur pour nous permettre de mieux l'accepter.

Mais je ne veux pas renoncer. Je continuerai ma maladroite recherche de solutions vers la suprême ataraxie. La vision du sable mouillé, quelques mètres devant moi, me donne l'idée d'un dernier geste symbolique. Je me lève et avance vers la grande bleue, tout en essayant d'éviter le bout mousseux des vagues qu'elle envoie s'échouer à mes pieds. J'écris son nom dans le sable durci par l'eau. L'index de ma main droite me sert d'outil, et doit subir l'opération dont je lui serai éternellement reconnaissant. Je me dis qu'avec la marée montante, l'eau finira par l'effacer. Illustration parfaite du kitsch à son paroxysme. Mais je suis persuadé que c'est cela qui fait défaut à notre monde, des symboles kitsch à outrance, ridicules en apparence mais charmants et bienfaisants si on essaie de voir plus loin. Mon œuvre terminée, je retourne m'asseoir, et j'attends que mon adversaire fasse son boulot. Le froid se fait ressentir au gré des minutes qui passent et un dernier éclair de lucidité frappe mon cerveau avant que celui-ci ne gèle complètement et s'éteigne pour le reste de la nuit. Si j'ai pu écrire sur du sable mouillé, cela signifie que la marée est en phase descendante. Mon moi intérieur applaudit mon ignorance et l'absurdité de la situation. Je crois que c'est le coup fatal, je suis dans l'obligation de m'avouer vaincu. Bravo, tu l'emportes, et avec un ultime doigt d'honneur pour couronner le tout. Son nom restera gravé là après mon départ et je ne suis pas plus avancé. Je me lève, n'ayant plus rien à faire ici et ne souhaitant pas assister à sa parade victorieuse. Ma fierté blessée ne tient pourtant pas à finir sur cette note et dans un geste des plus puérils, je m'approche à nouveau d'elle et lui balance mon emballage de sandwich à la tronche. « Mange ça !! », que je crie. Dernier regard venimeux et je me retourne pour remonter la plage et retrouver la rassurante stabilité de l'asphalte. Après avoir avancé quelques mètres, je sens des gouttes d'eau atterrir sur le haut de mon crâne. J'ai à peine le temps de lever la paume de ma main pour juger de la météo changeante qu'une averse se déclenche et me douche littéralement. Aussi soudaine que surprenante, la pluie s'empare en quelques secondes de tout le paysage. Et alors que je m'apprête à râler d'être trempé jusqu'aux os, je percute. Je me retourne et refais le chemin inverse en courant. Je rejoins l'emplacement où j'ai passé la soirée et les lettres commencent à disparaître sous les attaques parachutées des gouttes de pluie kamikazes qui dispersent les grains de sable. Je reste immobile et fasciné par ce spectacle de la nature en pleine action. Il ne reste bientôt plus rien de son prénom et je ne peux m'empêcher de sourire derrière la cascade qu'est devenu mon visage. Ma crédulité est mise l'épreuve, mais je ne réfléchis pas plus et décide d'accepter ce déluge comme un message m'étant personnellement adressé. Comme un signe. Des plus fracassants.

Je confronte la mer une dernière fois d'un air supérieur retrouvé. Rien de ce que tu n'auras fait pour me contrer n'aura fonctionné. Il y a des forces qui nous dépassent tous les deux. Je ne sais pas si je suis beaucoup plus avancé, concrètement, ni si c'est exactement ce que je suis venu chercher, mais c'est indéniablement un pas dans la bonne direction. Et je m'en contenterai.

2ème Partie

Ce matin mes larmes avaient séché
Et j'en suis resté à me demander

Combien de fois un cœur peut-il se briser ?

Cette fois ça y est, j'arrête de te suivre

Ce pourrait bien être la dernière chose que j'ai envie de faire, mais je crois que ça y est, c'est le moment ; il faut que j'arrête de te suivre. Je ne suis plus capable de le gérer. J'ai essayé, j'ai vraiment essayé. Mais aujourd'hui a sans doute été la goutte d'eau. L'assommoir suivi du réveil brutal. Je ne peux effacer de ma mémoire ce que j'ai vu. Je ne peux oublier ce que je sais désormais. Je ne peux continuer à me faire du mal de cette manière.

Les réseaux sociaux s'imposent comme le grand moyen de communication de notre génération, et ils changent tout. Ils changent les amitiés, les relations amoureuses, l'intimé, et, tout bonnement, notre manière d'interagir avec le monde autour de nous, notre façon de vivre. Ils changent notre manière de rencontrer quelqu'un, notre manière de devenir plus intimes, comment nous communiquons, et finalement, ils changent drastiquement notre manière de gérer une rupture. Mettre fin à une relation est par essence extrêmement complexe : ambivalence des sentiments, déséquilibres affectifs, logistique infernale ; pour la faire courte, c'est le bordel. Certaines ruptures amoureuses peuvent malgré tout se dérouler relativement bien, respirer la sérénité. Mais seulement certaines. Pour qu'une séparation puisse se dérouler dans de bonnes conditions, il faut que les deux parties soient d'accord, qu'elles l'acceptent mutuellement. Et ce n'est pas le cas le plus répandu. Je n'étais pas d'accord. Et même dans ce cas de figure, ça ne signifie pas que personne n'en souffrira. Ce n'est jamais une garantie. D'une manière ou d'une autre, ce sera difficile, et les réseaux sociaux tendent à accentuer cette complexité.

Les stratégies les plus adaptées après une rupture sont sans doute construites sur des notions de temps et de distance. S'accorder de l'espace pour respirer, se concentrer sur autre chose, n'importe quoi d'autre, se reconnecter avec soi-même, trouver un nouvel équilibre. Prendre le temps de s'habituer à l'idée que la relation a pris fin, apprivoiser le nouveau statu quo et se construire un meilleur futur. Guérir. Cicatriser. Mais les réseaux sociaux nous empêchent de mettre en place ces stratégies, et de les mener à bien. Si l'on continue à suivre son ancien(ne) partenaire, on sera toujours connecté, d'une certaine manière. On peut parfois lire ou entendre qu'il vaut mieux ne pas supprimer trop rapidement son ex des réseaux après une rupture, parce que choisir de le faire, c'est également prendre le risque de le regretter amèrement. D'être obsédé par l'idée de ne pas savoir ce qu'il ou elle devient, ce qu'ils font de leurs vies, et ne pas avoir la possibilité de reprendre contact si l'envie nous en prend. Cela rendrait les choses encore plus difficiles à gérer. Mais est-ce vraiment le cas ?

En vérité, il est toujours possible de garder le contact sans les réseaux sociaux. Il suffit simplement de le vouloir vraiment. Suivre la personne sur les réseaux n'est que la solution de facilité. Mais tout doit être facile de nos jours, n'est-ce pas ? Simple et rapide. Une relation ne l'est pourtant jamais. C'est du travail. Toujours. Du travail et de l'investissement. Mais je peux le comprendre, nous voulons du « facile ». Nous voulons la possibilité de tout savoir sur une personne sans même avoir à lui demander. Nous souhaitons rester en contact sans n'avoir rien à faire dans ce sens. Mais c'est une illusion. Bien que nous la chérissions, parce qu'il est plus confortable d'accepter de se séparer de quelqu'un en ayant la sensation de ne pas totalement le ou la perdre. Il est réconfortant de sentir que l'autre personne fait toujours partie de notre vie. Même si vous ne vous parlez pas. Même si vous ne vous voyez pas. Mais comme pour toute chose, il y a un prix à payer.

J'ai continué à te suivre sur Facebook après que tu aies rompu avec moi. J'ai continué à te suivre parce que je ne pouvais imaginer de ne plus t'avoir dans ma vie d'une manière ou d'une autre. Je n'ai jamais voulu que ça se finisse entre nous. Je n'ai jamais voulu que tu partes. Mais c'est arrivé, comme ça arrive toujours avec moi. Je me suis donc accroché à tout ce que je pouvais. J'ai essayé de te faire changer d'avis, dans un premier temps. Mais ce n'est jamais la chose à faire, et ce n'était juste pour aucun de nous deux. J'ai alors essayé de trouver le moyen de sauvegarder notre relation, de ne pas la laisser disparaître devant nos yeux. Je n'en ai trouvé aucun. Sans surprise, cela s'est avéré beaucoup trop difficile. Nous ne pouvions plus être des personnages spéciales l'un pour l'autre, et je ne pouvais pas être ton ami, cela ressemblait beaucoup trop à de la torture et je n'étais pas des plus partants pour jouer à ce petit jeu. Alors nous avons dérivé dans des directions opposées. Tu as essayé à de nombreuses reprises de reprendre contact, de me parler, de me garder dans ta vie, et je t'en remercie. Vraiment, du fond du cœur. Mais c'était plus fort que moi, j'étais dans l'incapacité de décrocher le téléphone à chaque fois que ton nom et ton visage apparaissaient. J'étais comme figé. À chaque fois. À chaque putain de fois.

J'ai continué à te suivre sur Facebook parce que c'est là que je t'ai invitée à sortir pour la première fois. C'est également là que nous avons gardé le contact après la fac, ce qui m'a permis de te reparler quand je l'ai fait. Je ne pouvais pas laisser tomber ce symbole. Je ne pouvais pas tout perdre d'un coup. Au début, ce choix s'est avéré plutôt satisfaisant, nous pouvions nous parler de temps à autre, de manière assez rudimentaire et très polie, avec une certaine distance même, mais malgré tout, c'était déjà quelque chose. Nous pouvions aussi continuer à lire et aimer nos publications respectives. Durant cette période, te voir aimer ce que je publiais, me procurait une certaine joie et du réconfort. Particulièrement sur des sujets romantiques, des citations littéraires, des extraits de films, qui avaient une signification particulière, qui voulaient en dire bien plus qu'un œil non avisé aurait pu percevoir. J'étais persuadé que toi, tu voyais plus loin, tu comprenais, et qu'aimer ces publications était ta manière de dire « je t'entends ». Pour être honnête, la majorité de ce que je publiais à cette époque t'était adressée. Peut-être l'avais-tu compris. Peut-être y accordais-tu de l'importance. Mais encore une fois, peut-être pas. Et pour être totalement transparent, la majorité de ce que je poste aujourd'hui t'es toujours adressé. J'écris beaucoup sur toi. Sur nous. J'essaie de trouver les mots justes, qui seraient si éloquents, qui toucheraient ton cœur en profondeur, et te feraient me voir à nouveau comme tu me voyais avant. Te feraient nous voir à nouveau comme tu nous voyais avant. Te pousser à reconsidérer l'idée d'un nous. Ouais, je peux être aussi naïf que ça. Oh, la douce aliénation des réseaux sociaux.

Je n'étais pas prêt à te laisser partir. Cela fait presque deux ans maintenant, et je ne suis toujours pas prêt. Je continue de publier des choses pour toi, sur les relations et les ruptures amoureuses. Parfois sur une série que l'on regardait ensemble, mais que l'on n'a jamais eue l'occasion de terminer. Parfois sur une chose que je sens que tu pourrais aimer, et que j'aurais aimé te montrer. Mais tu n'y réagis même plus désormais. Et c'était le premier indice. Le deuxième, a été de tomber sur cette photo présentant deux verres dans un bar, durant un voyage que tu as entrepris. Ce n'est pas une volonté d'espionner. Je pense sincèrement qu'il s'agit de la pire manière d'utiliser les réseaux et que rien de bon ne peut en sortir. Surtout pour celui qui espionne. Mais je continuais malgré tout à te suivre, donc je l'ai vue, et cela m'a à nouveau brisé le cœur. Je sais, c'est absurde. Cela pouvait être n'importe qui avec toi sur cette photo. Mais peu importe quelle était la vérité derrière cet instantané de réalité, mon imagination a décidé pour moi et l'a transformé en une flèche reçue en pleine poitrine. Et c'est à ce moment que j'ai réalisé : « Cette fois ça y est, je dois arrêter de te suivre ».

Sauf que je ne l'ai pas fait. Je ne pouvais toujours pas te laisser partir, avoir la sensation de te perdre une seconde fois. Cette illusion de conserver une sorte de relation avec toi m'en empêchait. Je me suis senti comme piégé. Piégé dans une réalité qui n'existe que dans mon esprit, et que je n'avais pas la volonté nécessaire de quitter. Je n'étais toujours pas prêt à voir la vérité derrière les mensonges que je continuais à me raconter. Alors j'ai continué à te suivre. J'ai continué de publier des choses en espérant qu'elles t'atteindraient. La photo m'a bouleversé, c'est certain. Mais ce n'est qu'une photo prise hors de son contexte, n'est-ce pas ?

Aujourd'hui, sans le vouloir, sans le chercher, il se trouve que j'ai appris que tu as effectivement quelqu'un dans ta vie. Et devine ? Ouais, un million d'éclats éparpillés dans ma poitrine, à nouveau. Et tel un disque rayé, je me suis dit : « Cette fois ça y est, j'arrête de te suivre ». Et cette fois, quelque chose avait changé. Cette fois, j'ai eu le sentiment que je le pensais vraiment. Bien sûr que tu allais retrouver quelqu'un, tu es une belle personne et n'importe qui aurait de la chance d'être à tes côtés. Aussi, tu le mérites. Et j'en suis conscient. Je savais bien que cela finirait par arriver. Mais je ne souhaitais pas le savoir. Je ne peux pas le savoir. Et je ne sais pas si je dois prendre ça comme un signe m'indiquant que je ne suis pas encore totalement remis de toi. Je sais que je ne suis plus amoureux de toi. Je sais pertinemment que je m'accroche à l'idée d'une relation qui n'existe plus. Il n'y a là plus rien désormais. Mais c'est toujours sacrément douloureux. Et je ne peux continuer à souffrir de la sorte. Je ne peux décemment pas continuer à espérer quelque chose, n'importe quoi. Je ne peux continuer à écrire et publier des choses que tu ne liras même plus. Ça ne m'intéresse plus de savoir ce que tout cela signifie, y apporter du sens ne me fera pas avancer. Je ne veux plus y réfléchir ou y accorder de l'importance. Je sais seulement que cela a duré bien trop longtemps. Je dois lâcher prise. Je dois aller de l'avant. Je dois arrêter de te suivre. Il le faut.

Mais le ferai-je ?

Mon esprit en revient toujours à toi
Plus tu t'éloignes et mieux je te perçois
Plus le temps passe, plus les souvenirs sont vivaces
Pendant que les tiens, sans doute, s'effacent

Oublie la douce chaleur de mes draps
Oublie l'étreinte de mes bras
Oublie qui tu étais avec moi
Je m'en souviendrai pour nous deux à la fois

Gravité

Les rues sont calmes en cette fraîche matinée de décembre, presque gelées, figées dans un espace qui semble hors du temps. Une accalmie presque paradoxale en période de fêtes de fin d'année, qui s'estompera dans quelques heures lorsque le public débarquera en masse pour réchauffer l'atmosphère à la recherche du cadeau idéal. Mélanie remet son bonnet blanc à pompon en place et respire cette tranquillité rassérénante à s'en remplir les poumons. Le nuage brumeux qu'elle expire semble prendre une consistance solide et perdurer devant son visage, donnant l'impression une nouvelle fois que le temps s'est arrêté tout autour. Elle profite pleinement de cette paix, de cette atmosphère dans ce qu'elle a de plus beau et de plus appréciable. Elle ne regrette pas de s'être levée plus tôt pour cette petite virée en ville et ce lèche-vitrine de Noël, qui lui permettra peut-être de débloquer des idées pour les quelques cadeaux qui restent encore à trouver pour ses proches. Elle a toujours eu des difficultés à adhérer à ce concept d'offrir des cadeaux aux personnes que l'on aime simplement parce qu'une tradition nous impose de le faire. Ce n'est pas qu'elle se cache derrière l'argument « commercial » du concept, parce que, quoi que l'on en dise, tout est commercial. C'est plutôt qu'elle aime offrir des choses de manière inattendue, surprendre et faire plaisir sans que cela ne paraisse artificiel. Mais il y a parfois des sujets sur lesquels il faut mettre ses croyances de côté et se plier au consensus général, celui-ci en fait partie. Elle se dit qu'il y a d'autres batailles bien plus importantes à mener. Elle opte alors pour de petits présents, parce que le geste compte malgré tout, mais très significatifs. Un cadeau ne s'évalue pas à son prix d'achat mais à sa valeur symbolique et personnelle, c'est là son principe inconditionnel. Trouver le cadeau qui fera sincèrement plaisir, non pas celui qui prouvera que l'on a fait ce que l'on a pu parce que la période ne nous a pas laissé le choix.

Mélanie descend sur la droite dans une ruelle qu'elle ne

connaît que trop bien. Une sensation étrange s'empare d'elle alors qu'elle arrive à proximité d'une boutique. La jeune femme l'accueille et la redoute à la fois. Elle ralentit ses pas et s'arrête finalement pour faire face à la vitrine d'un disquaire. En jetant un œil rapide à la sélection suspendue derrière la vitre, elle ne reconnaît aucun album. C'était plutôt son truc à lui, de se tenir au courant des dernières nouveautés musicales. C'était sa passion. Écouter de la musique en boucle toute la journée, passer des heures parmi les bacs de vinyles à la recherche de la petite perle à prix raisonnable. S'il était debout devant cette vitrine en ce moment, il aurait probablement des écouteurs dans les oreilles pour « magnifier » l'instant, comme il le disait. Mélanie se laisse doucement porter par une vague de nostalgie et son esprit finit par errer dans un souvenir qu'elle n'avait plus revisité. Elle se voit entrer dans la boutique, il y a quelques années de cela, à la recherche d'un album bien particulier. Elle avait réussi à lui soutirer l'information et l'avait écrite sur un bout de papier, parce que si elle s'y connaissait aussi un peu en musique, même sans doute plus que la moyenne, la discographie obscure et tortueuse de Bob Dylan la dépassait totalement. C'était l'un de ces fameux cadeaux spontanés qui avait eu l'effet escompté, à savoir un sourire tiré jusqu'aux oreilles. Et il n'était pas du genre à sourire pour un rien, alors elle pouvait s'y fier. Elle avait laissé un petit mot sur la jaquette, pour en faire un cadeau ultra personnalisé. Des mots sans doute pleins d'affection qu'elle est incapable de se remémorer aujourd'hui. Elle se rappelle parfaitement son passage ici comme si elle était venue la semaine dernière, et en même temps, cette époque lui semble si lointaine. Presque irréelle, seul fruit de son imagination. Ce n'est pas la première fois que cela lui arrive. Souvent, sans crier gare, quelque chose qui peut sembler anodin lui rappelle Adam. Un lieu, un livre, une expression prononcée par quelqu'un d'autre. Elle se sent alors attirée par une force gravitationnelle contre laquelle elle ne peut lutter. Ce sont les bagages que l'on porte et dont on ne peut se débarrasser. Elle aimerait avoir plus de contrôle sur ces choses, pouvoir se tenir droite les pieds fermement plantés dans le sol et ne pas se laisser aspirer par ces vortex. C'est pourtant bien elle qui a mis fin à la relation, c'est elle qui a pris cette décision et est partie pour ne plus se retourner. Dans un monde idéal, ce devrait être plus facile à gérer pour elle.

Les vannes sont ouvertes, les souvenirs refluent. Elle ne peut s'empêcher de revoir leur dernière grosse dispute. Elle revit le moment douloureux où elle lui annonce que son amour ne suffit plus. Il essaie de la prendre dans ses bras pour l'empêcher de partir. Elle est obligée de le repousser et d'être brutale dans ses mots pour pouvoir s'en sortir et y mettre un point final. Elle pense à Adam. Que devient-il ? Comment se porte-t-il ? Une partie d'elle aimerait le savoir. Peut-être même le revoir, prendre des nouvelles. Quoi qu'elle fasse, il a installé son campement dans une petite partie de son cœur et ne compte pas s'en aller. Elle le sait. Et ça a quelque chose de réconfortant, finalement. Son choix était le bon, elle n'en a aucun doute. Elle ne doute pas non plus que la séparation brutale était le seul moyen pour eux deux de s'en sortir. Mais elle ne le déteste pas. Elle ne lui reproche rien. Au contraire, d'une manière assez paradoxale, elle l'aime toujours. Comme on peut aimer une personne avec qui on a partagé sa vie, vécu une relation sincère et respectueuse qui était belle le temps qu'elle a duré. Ils n'étaient simplement pas faits pour être ensemble plus longtemps. Si elle se passerait bien de ces souvenirs intempestifs qui la ramènent contre son gré à une époque qu'elle aimerait pouvoir laisser derrière elle, quand elle repense à Adam, en revanche, c'est toujours avec beaucoup de tendresse.

Une main posée sur sa hanche la tire hors du champ gravitationnel qui avait fait d'elle sa prisonnière. Elle revient dans la réalité du moment et tourne la tête en direction du garçon qui l'a rejoint, un petit sourire aux lèvres.

- Tu as trouvé ce que tu voulais ?
- Yes ! Et toi ? Tu veux acheter un disque ?
- Non, non. Je regardais simplement.

- On continue ?

Mélanie répond d'un hochement de tête vertical et d'un baiser furtif, avant de prendre son petit ami par le bras et de continuer à descendre la rue à ses côtés, posant sa tête le long de son bras. L'intrusion de ce moment n'était que cela, une intrusion. Un égarement passager. Mais elle sait pertinemment qu'il ne sera pas abandonné derrière elle, ancré à ce disquaire. Il est en elle et elle l'emporte avec elle. Nous construisons des barrages endogènes qui parfois ont besoin de lâcher pour que le flux de souvenirs puisse se réguler. Et elle sait le gérer, elle ne se laisse pas submerger, parce qu'elle a une fondation solide sur laquelle se reposer. Elle est heureuse et se sent bien dans sa nouvelle vie. Alors qu'ils disparaissent au coin brumeux de la rue, un courant d'air froid les frappe au visage et s'engouffre dans celle-ci, semblant lui redonner vie après avoir été figée dans un moment intemporel, à la fois succinct et perpétuel.

Parenthèse aérienne

Je n'ai plus aucune notion du temps, enfermé dans cette cabine survolant d'une dizaine de kilomètres toute habitation, désert ou océan sous nos pieds. Il fait nuit et je suis à l'autre bout du monde et j'ai oublié s'il fait jour chez moi. Sur le siège à ma droite, mon ami s'est enfui au pays de Morphée, comme la grande majorité des passagers à bord de l'avion. Moi, je n'y arrive pas. À fermer l'œil et me laisser glisser vers un sommeil naviguant au gré des turbulences. Plus justement, je n'en ai pas l'envie. Je m'y refuse. Ce moment est si particulier que je n'ai aucune envie de le gâcher en étant inconscient. Je ne tiens pas à le laisser m'échapper. Je veux le saisir entre mes deux mains et l'approcher suffisamment de mon visage pour le respirer à fond. Dans ma vie quotidienne, j'ai toujours beaucoup de mal à vivre dans l'instant présent. Assis dans les nuages à l'autre bout du monde, les choses sont différentes. On prend de la hauteur, une certaine perspective. Pour une fois, je me sens calibré, en phase, j'ai envie de profiter pleinement du moment. Quelle ironie, il aura fallu que je quitte ma vie pour commencer à vivre.

Je ne suis pas parti aussi loin pour essayer de t'oublier, je n'oserais poursuivre ce cliché. Je suis parti pour reprendre ma vie en main, recommencer à la vivre pleinement. Ce que je ne faisais plus vraiment depuis que tu étais partie. C'était l'occasion de me prouver que la vie est là, dehors, et que je peux à nouveau la toucher en tendant le bras. Je n'étais jamais parti aussi loin et pour une durée aussi longue, le moment me semblait propice pour enfin franchir le pas. Les voyages forment la jeunesse, c'est la platitude que l'on nous rabâche à longueur de temps. Ils permettent sans doute de se trouver, d'aller chercher ce qui se cache au fond de nous. C'est quelque part ce que j'espérais secrètement. Revenir différent. Une meilleure version de moi-même. C'est là le fantasme. Et si je ne doute pas que cela puisse fonctionner pour certaines personnes, je crois qu'il y en a également beaucoup d'autres pour qui ça ne se réduit qu'à cela : un fantasme. Si les problématiques sont ancrées en moi, elles me poursuivent partout où je me rends. Dans le petit parc au coin de ma rue ou à des milliers de kilomètres, sans distinction. Je ne peux pas me déplacer en décidant de laisser une partie de moi à la maison. C'est tout ou rien. Le contexte peu possiblement nous changer si nous possédons préalablement les capacités nécessaires au changement, si nous détenons les clés pour en activer les rouages internes. Je porte le fardeau de moi-même partout où je vais et mon expérience est biaisée d'entrée de jeu. L'échappatoire magique offrant en retour un moi plus sûr de lui et en capacité de pouvoir profiter plus pleinement de sa vie n'est qu'une douce illusion, qui n'aura pas perduré bien longtemps.

Ne faisant jamais les choses qu'à moitié, mon voyage s'est trouvé en partie gâché et rapidement écourté par une pandémie mondiale. Toujours ce merveilleux sens du timing. Je ne sais pas ce que j'en retiens, tout me semble flou, entaché d'un arrière-goût de mauvaise idée et d'expérience tronquée. Mais je crois fermement que le voyage est plus important que la destination, ce qui signifie littéralement que je retiens avant tout ce trajet de retour en avion. C'est un moment saisi hors du temps, rendu solide et glissé dans la poche arrière de mon jean pour ne pas l'oublier. Un instant lors duquel il ne se passe pourtant rien qui puisse se détacher de la norme. D'une banalité affligeante, pourrait-on sans doute en juger. Mais qui peut décider de l'endroit où se trouve la magie ? De la manière dont la beauté nous frappe ? Je regarde à travers un hublot noir qui ne laisse rien paraître et j'imagine le monde tout entier à l'extérieur. Je déguste le meilleur popcorn de ma vie dans un mini sachet et j'en demande un deuxième parce que ne dormant pas, j'ai droit à du rab. Je regarde toutes les personnes têtes penchées sur le côté, masque de nuit sur les yeux et je me sens privilégié de pouvoir profiter de ce moment que tous ont pris trop à la légère, ne se rendant pas compte de ce qu'ils ratent. Et je pense à peine à mon bilan carbone que je viens d'exploser pour l'année à venir.

Je survole le monde et je ne pense pas à toi. Je ne pense ni à l'endroit où je vais, ni à l'endroit d'où je viens. Rien n'encombre mon esprit et je crois que pour un moment, là, en haut, dans l'atmosphère ténébreuse d'un ciel infini ; je me sens en paix. Peut-être que la clé du bonheur, ce sont ces parenthèses enchantées invisibles au reste du monde. Celles qui n'ont l'air de rien, mais nous laissent l'empreinte d'un sourire sur les lèvres que personne d'autre ne peut déceler.

Metz

Nous sommes tombés amoureux dans cette ville. Nous y avons marché côte à côte en riant de manière expressive et contagieuse, puis main dans la main sourires complices aux lèvres. Nous y avons rencontré nos amis respectifs, bu, mangé, partagé deux appartements, notre intimité et nos larmes. Nous y avons échangé nos premiers et derniers baisers. On pourrait croire que tout ici me ferait penser à toi désormais. Mais ce n'est pas le cas. Qu'on ne se méprenne pas, certains lieux, des endroits lourds de sens, feront toujours remonter des souvenirs, résonneront avec certaines parties de mon être ; c'est une malédiction aussi jolie qu'inévitable. Mais cela ne m'abat jamais. Elle ne prend pas le dessus. Les fantômes de notre histoire abandonnée ne peuvent hanter cette ville. Ma ville.

J'ai toujours pensé que l'on pouvait établir un parallèle entre une relation amoureuse et une relation avec la ville dans laquelle nous vivons, ou avons vécu. J'irais même plus loin en disant que l'on peut entretenir une relation amoureuse avec sa ville. Et dans ce cas, Metz est la plus longue, fructueuse et épanouissante relation que j'ai vécue. J'y suis à ma place et elle m'accueille toujours à bras ouverts. Elle me comprend comme je la comprends. Je lui ai fait confiance toutes ces années, et encore aujourd'hui, pour me porter, m'offrir le cadre de vie dont j'ai besoin, et elle me le rend bien. Je ne me suis jamais autant senti à ma place que depuis que j'ai décidé d'y poser mes bagages. Ce n'était pourtant pas forcément un choix entièrement calculé, beaucoup de paramètres sont entrés en ligne de compte. La proximité, les études, une solution de facilité peut-être aussi ; mais l'amour n'est jamais calculé. Il n'est jamais là où on le décide. Les plus grands coups de cœur sont ceux qui vous prennent par surprise. Les plus belles relations sont celles qui naissent de petits hasards, de petits riens, sans que l'on ne s'en rende réellement compte.

Ce sentiment de liberté incomparable lorsque j'arpente ses rues, visage au vent, écouteurs aux oreilles ; la beauté de son architecture comme unique spectacle. Ces moments lors desquels je ne pense à rien, et à tout en même temps, mais rien de précis qui puisse me peser sur la conscience. Je ne marche pas, je flotte, l'esprit et le cœur légers. Se rendre seul au cinéma apprécier un petit film indépendant dont le charme n'a d'égal que celui de la salle qui le diffuse. Retrouver les amis au pub, enchaîner les pintes et se battre pour avoir le droit de payer la note. Regarder les finales à l'étage des fées par une chaleur assommante mais enivrante. S'installer à la fenêtre d'un café à côté d'une fontaine d'intérieur pour écrire et observer les gens qui vaquent à leurs occupations de l'autre côté de la vitre. Flâner et acheter des livres dans mes librairies préférées, parce qu'elles sont si belles et nombreuses que l'on n'a aucunement le choix que de devenir polygame et de toutes les aimer à la folie. Jouer les lundis soir pour mieux commencer la semaine. Suivre les lignes de couleur des constellations et se perdre dans des coins inconnus. Aller au stade voir le F.C. perdre et manger des falafels. Franchir les ponts en titubant pour rentrer chez soi après la fermeture des bars. Assister à des concerts dans une chapelle ou sous le parvis de la cathédrale. Boire de la mirabelle et s'éblouir devant les lanternes. Lever la tête pour apprécier la majestueuse gare avant de partir pour mieux revenir. Marcher la nuit et être témoin privilégié d'une autre facette de la ville, plus paisible et sereine. Presque cathartique. Ce n'est jamais très long, il y a toujours une fin, une destination ; mais je sais que tant que je vivrais ici, je pourrais toujours retrouver ces moments. Ils ne seront jamais qu'à un coup de téléphone et une paire de chaussures enfilée. Qu'à une envie près de prendre l'air, de s'éclairer les idées, de retrouver ce sentiment d'être au-dessus de tout, intouchable. De s'amuser, de respirer l'atmosphère, de sentir battre le cœur de cette ville et se laisser envelopper par son âme séculaire. De me rappeler pourquoi j'aime autant vivre ici.

Tu comprendras alors que tu ne puisses guère faire le poids. Qu'il existe une aura magique autour de cette ville qui retient tout esprit maléfique à ses portes. Qu'ici, je suis protégé. Qu'ici, tu ne m'atteins pas. Tu as fait tes valises et es partie vers de nouveaux horizons, peut-être comme un symbole, celui de passer à autre chose, d'aller de l'avant. De nous laisser ici pour recommencer ailleurs. Je n'ai pas besoin de cela. Et je n'en ai d'ailleurs aucune envie. Metz est le grand amour qui transcende toutes mes autres relations. Et je ne suis pas prêt à y renoncer.

J'ai décidé de changer de vie
Elle était supportable quand tu en faisais partie
Elle est devenue insoutenable quand tu l'as quittée

Face au vide

Est-ce que se retrouver face au vide peut faire avancer ?

Dans une telle situation, le sens commun voudrait que l'inverse se produise. Que notre instinct de survie alerte toutes les cellules de notre corps pour nous retenir en arrière. De notre inconscient le plus profond jusqu'au plus petit morceau de chair du bout de notre être, la raison l'emporte.

Et si l'on changeait la donne ? Si l'on prenait des risques et renversait la logique, contrait le rationnel ?
Et si à la place, on sautait ? Si on se libérait de toute restriction, de toute peur ?
Et s'il n'y avait pas de fond contre lequel s'écraser, mais juste quelque chose d'autre, quelque part autre. Un endroit surprenant. Un univers qui nous ressemble.
Et si en se jetant dans le vide, on se mettait à voler ? Et que l'on se découvrait d'autres capacités insoupçonnées.
Il existe cette dualité folle et tellement libératrice dans le fait de reprendre le contrôle tout en lâchant les commandes.

J'ai fait quelque chose de dingue cette semaine. J'ai métaphoriquement fait le grand plongeon dans le vide. Quelque chose qui a demandé énormément de courage. De la force et de la détermination que je ne pensais même pas posséder. De ces ressources qui apparaissent seulement quand on en a besoin. Qui nous poussent et nous font réaliser que l'on est capable de bien mieux, de bien plus.

L'être humain est résilient.
La vie est courte.

Je ne suis plus coincé à ce carrefour désormais, j'ai choisi mon chemin.

Et j'espère qu'il mène vers un endroit chaud, réconfortant et épanouissant.

Un endroit meilleur, peut-être. Mais différent, surtout.

Ce n'est que le début, et ce ne sera probablement pas sans embûches. Ni sans hésitations et déceptions.

Mais mes nouvelles ailes me porteront.

L'être humain est surprenant, il détient la capacité de vivre plusieurs vies en une seule.

Là, réside son pouvoir et son salut.

Confrontés au vide, que feriez-vous ?

Vous ne le saurez jamais vraiment avant d'avoir fait le choix de sauter.

Le poids à porter

J'aimerais débuter une nouvelle vie, prendre une nouvelle route et continuer à avancer, mais je porte encore les bagages de l'ancienne et je ne sais pas où les mettre. Il faudrait une soute comme durant les voyages en avion, se délester de ce poids le temps de passer d'une destination à l'autre, d'une vie à une autre. Les récupérer plus tard, une fois que l'on est bien arrivé, bien installé et mieux dans sa peau. Quand on se porte bien droit et la tête haute, le poids de nos sacs à dos devient moins écrasant. Et puis si elles pouvaient être perdues en chemin et nous faire gagner encore un peu de répit supplémentaire, on ne s'en plaindrait pas pour une fois. Je serais sans doute triste sans mes chaussettes Snoopy, mais je veux bien égarer tous les souvenirs ces moments lors desquels je me suis senti mal à l'aise. Je peux toujours acheter un nouvel exemplaire de ce livre à peine entamé si je le perds, mais je ne tiens pas tellement à récupérer les fils de suture qui tenaient ensemble les morceaux de mon cœur brisé. Parce qu'il faut voir toutes les bricoles qui s'accumulent dans ces valises ; tous les souvenirs, sentiments et traumatismes qui se frayent une place et emménagent à vie. On en vient à se demander comment il est possible qu'il y ait autant de place disponible sans pouvoir faire le tri de temps à autre. Ce serait quand même pratique de pouvoir jeter les vieux trucs qui nous pourrissent la vie, « Hop, là il y a prescription, tu dégages ! ». Tu parles. Ça ne fonctionne pas comme ça. J'ai déjà du mal à me séparer de mes T-shirts vieux de quinze ans qui ne sont plus à la mode depuis sans doute encore plus longtemps que cela. On est forcé de tout garder, de tout porter, du moment le plus important de notre vie jusqu'à la moindre phrase totalement maladroite prononcée des années en arrière. On pourrait toujours changer de valise pour nos affaires matérielles et opter pour de plus spacieuses, mais peut-on le faire avec nos têtes et nos cœurs ? Est-ce qu'ils s'agrandissent d'eux-mêmes à chaque nouvelle expérience pour pouvoir les emmagasiner ? C'est un concept répandu, que chaque nouvelle rencontre, nouvelle relation, nous ouvrirait plus largement l'esprit et nous apprendrait à aimer davantage. C'est une perspective séduisante en théorie, mais en réalité ça ne risque pas d'alléger mes bagages. Jusqu'à quel point peut-on devenir extensible avant de craquer ?

Ceci étant dit, on pourrait très bien demander de l'aide à quelqu'un. C'est généralement ce que l'on fait quand on n'a plus la force de porter quelque chose tout seul. Un partenaire, un ami, de la famille, un professionnel ; une personne en qui nous avons suffisamment confiance pour savoir qu'elle répondra présent. Pas forcément quelqu'un de costaud avec un physique de super-héros, d'autant que *Captain America* est déjà bien occupé avec son bouclier et que *Superman* doit porter le poids du monde. Parce qu'ils sont certes lourds nos bagages, mais l'intérêt de la démarche est justement de les porter à deux, de partager le poids. On ne va quand même pas demander de l'aide à une personne charitable et lui laisser faire le boulot toute seule ? « C'est gentil de ta part de bien vouloir m'aider à déménager, les cartons sont là, le camion est dehors, je t'attends au bar d'à côté quand tu auras fini. ». On doit toujours assumer sa part du boulot, on ne peut demander qu'un soutien, qu'un bras ou deux, mais en aucun cas une substitution totale. C'est un peu l'image de ces gens dans la rue qui portent ensemble leurs grands sacs de courses, chacun une anse en main. C'est une jolie idée et indéniablement efficace. Mais attention aux dérives ! Malgré les apparences, ce n'est pas tâche aisée. Ces deux personnes et leur grand sac, elles ont tout intérêt à marcher au même rythme et sur la même distance. Parce qu'il suffit qu'une seule ralentisse le pas ou décide d'abandonner en cours de route et c'est la catastrophe, tout se répand sur le trottoir et voilà tes peurs et pires angoisses étalées aux yeux de tous les inconnus qui passent. Ce n'est pas une évidence de choisir la personne la plus judicieuse avec qui partager ce fardeau. Tout le monde peut porter une valise, mais est-ce que n'importe qui peut porter la nôtre ? La vraie problématique de cette situation réside dans le simple fait que chacun a son propre poids à porter, toute personne que l'on rencontre et à qui l'on pourrait envisager de demander de l'aide se trimballe ses propres bagages depuis bien longtemps déjà. Leur reste-t-il assez de force pour nous donner un coup de main ? Dans la plupart des cas, c'est un mécanisme réciproque, comme devrait naturellement l'être toute relation au sens plus large. On finit en position de devoir supporter une partie de ses bagages, mais également une partie de celles de l'autre. Le résultat finit toujours par être le même, à la différence que l'on ne sait pas forcément très bien ce qui se cache dans cette valise étrangère que l'on s'est engagé à porter. Mes chaussettes trouées, au moins, je les connais, elles ne risquent pas de me surprendre désagréablement quand j'essaierai de les enfiler.

Tous ces voyants rouges clignotant sans même aborder le cas de personnes toxiques et sans remords qui pourraient tout bonnement nous utiliser pour transférer petit à petit leurs affaires dans les nôtres, nous abandonnant avec ce surpoids comme cadeau d'adieu.

Non, finalement, je vais les porter moi-même, ces bagages. Ils ne sont pas si effrayants que cela, après tout. J'apprends à les apprivoiser, avec le temps. Et même si j'aimerais en perdre ou en oublier une grande partie, je sais exactement ce qu'elles contiennent et je connais leurs poids. Alors laisse tomber les avions et les bras serviables, je vais m'acheter de beaux sacs tout neufs pour me donner une dose de courage et les enfiler sur le dos, le torse, les bras ; partout où il y a de place, et je vais continuer à aller de l'avant. Et si je dois faire de nombreuses pauses en route, j'en profiterai pour admirer le paysage. Si je dois tomber, je me relèverai comme je peux et ramasserai mes affaires une par une. Ou je resterai couché, peu importe le temps qu'il faudra pour trouver la force de continuer. C'est mon voyage, je le fais à mon rythme, avec mes forces et mes faiblesses, le poids de mon âme et l'authenticité de mon être. Ces bagages, c'est une partie de moi, et je crois que je dois rester fidèle à celui que je suis. C'est sans doute la meilleure chose que je puisse faire pour moi-même et toutes les personnes qui croiseront ma route en chemin.

Tu n'es plus là
Mais tu n'es jamais réellement partie
Tel un vampire
Tu te nourris de mes pensées
Mais contrairement à cette créature de la nuit
Je t'aperçois dans tous mes reflets

Les fantômes de ton départ
Me hantent encore
Ils sont piégés
Tu as gardé la clé
Celle qui pourrait les libérer
Et débloquer ma paix intérieure

Pourrais-tu la rendre ?

Nos vies fantômes

Je dois véritablement être hanté. Je n'arrive pas à ne pas penser aux fantômes. Pas ceux du folklore fantastique, pas les morts qui refusent de passer de « l'autre côté » et portent des draps blancs sur la tête en signe de protestation. Non, les vivants. Les fantômes de personnes bien vivantes, mais qui ne font plus partie de nos vies. Des êtres qui sont passés en coup de vent le temps d'un printemps et sont partis en laissant une ombre derrière eux, un petit mot dans la fissure d'un mur. Les fantômes de ce qu'on a été. De ce qu'on a vécu. De nos vies qui paraissent d'autres vies. Les souvenirs qui persistent. Le passé qui s'accroche. Les moments suspendus dans des époques différentes de la nôtre. Des plans d'existence discordants qui se superposent. Je les sens tout autour de moi, je les ressens en moi, je les vois quand je ferme les yeux pour trouver la paix à trois heures du matin. Je vis parmi les fantômes qui me rappellent toutes mes vies passées.

Passer devant ce café dans lequel on n'a plus mis les pieds depuis des années et revoir une ancienne version de soi-même y entrer, comme tous les jours, pour y rejoindre la personne la plus importante à nos yeux, dont notre version actuelle n'a même plus aucune nouvelle. Ce banc sur lequel on a écouté avec empathie les tumultes sentimentaux d'un ami et partagé son mal de vivre avant de le voir disparaître. Cette chanson qui nous ramène dix ans en arrière dans une voiture garée à cheval sur un trottoir devant un immeuble. Des vies qui paraissent d'autres vies. Mais qui ne sont en réalité qu'un prolongement, une accumulation. On empile les choses et aussitôt, on en oublie celles du dessous. J'ai toujours du mal à concevoir que l'on puisse changer aussi vite, aussi souvent. Passer d'une vie à l'autre, aller de l'avant sans se retourner. Celle-ci n'a pas fonctionné, qu'à cela ne tienne, je passe à la suivante. Moi, je n'y arrive pas. Les fantômes sont toujours là et me tirent en arrière. Et je ne peux m'empêcher de me retourner. Je marche dans les ruelles de ma nouvelle vie et un courant d'air froid m'immobilise sur place, je tourne la tête ouvrant une fenêtre sur le passé, un voile diaphane me laisse entr'apercevoir un moi d'antan venant en sens inverse. Parfois accompagné, parfois seul, le sourire en hauteur ou la tête dans les baskets. Une époque perdue, peuplée de personnes disparues, ou simplement changées. Moi le premier. Je ne peux pas le toucher, je ne peux que l'observer. Alors je reste figé, j'essaie de m'y transporter ; ne serait-ce que mentalement. Plus rien n'a d'importance autour de cette bulle désynchronisée. Pourquoi je m'y accroche autant ? Pourquoi je ne lâche pas un simple regard doux-amer supplanté d'un sourire en coin tout en continuant mon chemin ? Ces moments étaient-ils si parfaits ? Si précieux ? Est-ce que j'en avais même conscience lorsque j'étais en train de les vivre ?

Ces spectres refusent de me laisser en paix. J'ai dû conserver sur moi les objets qui les ancrent dans notre plan d'existence. Je n'arrive pas à me débarrasser des souvenirs matériels, des petites choses qui font les grands touts. Jamais. J'ai encore ce ticket de cinéma de la première fois où j'ai tenu la main d'une fille tout le long d'un film. Peut-être qu'elle me la tient encore sans que je ne puisse le voir. Mais ça me va. Je ne souhaite pas perdre cette vie définitivement. Je ne veux pas l'oublier comme on oublie ses amours passés. Je ne brûlerai pas ce ticket avec du sel pour la voir s'envoler en fumée. Elle peut continuer à marcher à mes côtés et à dévoiler des visions du passé, elle a eu mon cœur il fut un temps et une petite partie lui appartient toujours. Je ne veux pas empiler les vies, je veux les étaler côte à côte pour toutes les voir. Posséder suffisamment de place pour les mettre chacune en évidence et en dégager une vue d'ensemble. Je veux pouvoir me plonger dans l'une tout en revenant à une autre d'une seule pensée. Je ne réfute pas la notion de temps. Je ne souhaite pas tout mélanger. Le passé n'est pas le présent, et réciproquement. Je crois que je ressens simplement beaucoup de tristesse à l'idée de ranger le passé dans des tiroirs et d'en jeter les clés.

Je continue de marcher et passe sous cette fenêtre du deuxième étage qui aurait pu être le début d'une énième vie manquée. Les routes non prises sont aussi des fantômes parce qu'elles hantent notre imaginaire. Ils n'ont pas le même pouvoir, ni la même puissance, parce qu'ils n'ont pas eu le temps nécessaire pour laisser un objet d'ancrage suffisamment symbolique derrière eux. Mais ils nous apparaissent tout de même de temps à autre. En période de doutes, de remises en question, de mélancolie d'être. Des visions de ce qui aurait pu advenir. D'un passé alternatif et d'un présent fantasmé, rayonnant d'éclats plus verts et lumineux. Ils sont vicieux ces fantômes-là parce qu'on ne les connaît pas assez bien pour suffisamment les apprivoiser. On les a fréquentés le temps d'un regard ou d'un baiser, d'un frottement de pieds, et ils ont emporté avec eux tout un pan de vie qui ne se réalisera jamais. On ne peut pas choisir les heures de visites et encore moins les faire disparaître. Parce qu'on ne sera jamais en paix avec eux. Jamais en paix avec nos vies avortées.

Je crois que pour vivre avec ses fantômes, il faut réellement avoir fait la paix avec eux. Ne plus ressentir aucune douleur, ni aucun désarroi en leur présence. Le prix d'un souvenir est ce pincement aux tripes et au cœur qui l'accompagne. Mais les pincements peuvent être agréables, inoffensifs. Pour revisiter une vie, il faut l'avoir digérée, avoir pris le recul suffisant pour la regarder avec une bienveillante nostalgie. Et il y a un fantôme que je ne suis pas encore prêt à laisser marcher à mes côtés. Je n'ai même pas encore la force de te considérer comme un fantôme, tout bonnement. Encore moins comme une autre vie. Parce que tu fais toujours partie de la mienne, parce que la place que tu prends dans mon cœur et mon esprit est encore bien trop imposante. Si une part de moi souhaite encore secrètement que notre histoire ne soit pas totalement achevée, que cette vie à tes côtés ne soit pas reléguée sous une pile parmi d'autres, alors je ne peux décemment pas affronter ces réminiscences de souvenir. Je ne peux pas affronter ton fantôme.

Les fantômes de mes vies passées refusent de me lâcher, et moi, c'est toi, que je ne me résous pas à abandonner. Dis-moi, suis-je ton fantôme ?

Je frotte frotte frotte mais elle ne part pas
L'odeur

J'ai acheté une savonnette
Solide, pour la planète
Mais elle ne mousse pas et n'efface pas
Ton odeur

J'ai pensé que c'était mon T-shirt et l'ai passé à la machine
Avec une dose de *Cajoline*
Parfum ours en peluche
Ce que je peux être cruche

C'était plus profond
Dans le dedans
Passé à travers le coton
Incrusté dans l'épiderme

Il me faut un savon qui efface l'amour
Je demande à la dame après un bonjour
Elle me répond que j'ai pris le bon, mais que ça demande du temps
Continuez à frotter régulièrement, c'est un long traitement

Alors j'ai fait le stock de pains
Et je frotte frotte frotte soir et matin
Mais elle ne part toujours pas
Ton odeur restée sur moi

C'est quel produit pour enlever les traces de toi ?

Moments fugaces

Je repensais à nos premiers rendez-vous, il y a peu.
Je repensais à la manière dont tu as pris ma main,
Alors que je ne m'y attendais pas le moins du monde.
À la manière dont j'ai déposé un baiser sur ta joue,
Quand il était devenu évident que tu n'étais plus très à l'aise.
Du moment où nous étions assis sur un rebord de fenêtre,
Suffisamment proches pour sentir quelque chose dans l'air.
Je réalisais combien c'était beau.
Combien c'était sobre, romantique,
Parfait.

Je me disais que j'aimerais que ce soit toujours ainsi.
Que si j'ai un jour la chance de revivre une relation de cet acabit,
Je souhaite qu'elle soit aussi douce, aussi élégante, aussi simple.
Je me disais qu'au fond, nous n'avons réellement besoin de rien d'autre.
Que l'amour se trouve dans les plus simples des moments.
Que cela peut sembler facile à trouver, mais s'avère d'une grande rareté.

J'y repensais et j'ai eu l'impression que c'était il y a un million d'années.
Je me souviens parfaitement de tout ce qui a pu se passer,
Mais beaucoup moins de ce que j'ai pu ressentir.
J'ai l'impression de pouvoir le toucher du bout des doigts
Alors que cela semble pourtant si loin de moi
Intangible, inaccessible,
Disparu.

Je me disais qu'une partie de moi serait toujours amoureuse de toi.
Mais peut-être qu'elle sera toujours amoureuse de nos regards complices,
De nos mains qui se balancent, de nos lèvres qui dansent.
Peut-être que je serai toujours amoureux de ces moments.
Peut-être que l'on ne tombe amoureux que de moments.
Et les moments sont fugaces.

Je me disais que ce n'est pas la destination qui compte, mais le voyage.
Combien il est souvent difficile d'accepter la vérité derrière cette idée.
Combien l'amour, comme toute chose, ne dure jamais.
Parce que l'amour n'est défini que par des moments,
Et pour en profiter pleinement,
Il faut être ancré entièrement
Dans le présent.

Je me disais, il y a peu, que rien ne dure jamais.
Pas même les rendez-vous parfaits.

Les petites choses

Réussir ses yaourts maison
Jouer avec son chat
Partager un secret avec un(e) ami(e)
Entrer dans une librairie et errer de longues minutes dans les rayons
Se réchauffer les mains autour d'une tasse de thé bouillante
Se réveiller dans tes bras
Envoyer ce mail que tu redoutais d'écrire
Écouter cette chanson qui nous caresse de l'intérieur dans un moment de déprime
Le grésillement du diamant que l'on pose sur un vinyle
L'amertume d'un café noir sur l'acidité d'une tarte au citron
Ouvrir un nouveau livre et en sentir l'odeur
Réussir à accomplir tout ce qu'on avait prévu dans une journée
Ne pas penser à toi
Penser à toi avec une sensation de chaleur au creux du ventre
Danser de façon ridicule dans son salon quand personne ne regarde
Donner de la voix sur une chanson et ne pas se tromper une seule fois dans les paroles
Transformer son vague à l'âme en jolis mots
Sentir une bougie avant de l'allumer
Ne pas tomber sur les minis crabes dans les moules (quand on en mange)
Réussir à exprimer ce que l'on ressent sur le moment
Sortir se promener et découvrir des sentiers encore inexplorés
Avoir une conversation avec un(e) inconnu(e)
Porter un gros bonnet en laine sans avoir la tête qui gratte
Couper des légumes en morceaux de même taille
Les petits mots sur les sachets de thé qui pensent à ton bien-être

Un coup de téléphone qui se passe bien et met à l'aise
Retrouver les amis au pub
Engouffrer ses mains dans les manches d'un gros pull
Respirer l'odeur du café noir au réveil
Une bonne nouvelle que l'on n'attend pas
Revoir un film dont on connaît les dialogues par cœur
Ce qui ne nous tue pas et nous rend plus reconnaissants.

La question

Quelqu'un m'a demandé, il y a peu, pourquoi les choses se sont terminées entre nous. Je n'ai pas su quoi répondre.

Je reste souvent évasif autour de cette question. Je compose des puzzles de réponses dont il est difficile de cerner l'image d'ensemble. J'explique qu'il n'y a pas d'évènements décisifs, que c'est un ensemble de choses et qu'il est par conséquent difficile de mettre le doigt dessus. Ou j'élude gentiment l'accès de curiosité en prétextant que je n'ai pas envie de me replonger dans cette histoire et d'en revivre les moments douloureux en les explicitant.

Parfois, je déclare carrément que je n'ai pas la réponse. Que je ne sais pas pourquoi tu es partie. Je lâche ironiquement que c'est à toi qu'il faudrait poser la question.

Mais ce sont des mensonges. Ou tout du moins, des stratégies d'évitement. La réponse, je la connais. Et je ne l'aime pas. Elle m'embarrasse. Je pourrais tout raconter en détail, répertorier tous les moments, tous les signes, toutes les petites indications, tout ce qui a mené à notre déchéance. Je n'ai rien oublié. Comment le pourrais-je ? Mon cerveau semble avoir pour mission de me repasser le film en boucle à longueur de temps. Et aucun moyen de l'esquiver, il est même inutile de me forcer à garder les yeux ouverts à la *Orange Mécanique*, tout se déroule à l'intérieur et je n'ai pas de télécommande. Alors, oui, je connais la réponse. Je pourrais m'ouvrir et me lancer dans une narration construite et pleine de sincérité lorsque l'on me pose la question. Laisser libre champ à mes sentiments, mes peines et mes regrets. Mais je m'y refuse. J'en ai honte.

La vérité, c'est que la fin était prévisible. Qu'elle aurait pu se présenter bien plus tôt. Que je me suis accroché à un mirage qui a cessé d'avoir du sens bien avant que tu décides d'y mettre un point final. La vérité, c'est que je savais que tu n'étais plus là où tu voulais être. Mais que je refusais de l'admettre. Il était plus confortable de fermer les yeux et nier les évidences. Enfuir les doutes et les questions. Je préférais n'avoir qu'une partie de toi, plutôt que rien du tout. Qu'il n'y ait qu'une moitié de toi à mes côtés, mais qu'elle soit toujours présente, réelle, palpable. Je pouvais toujours te prendre dans mes bras et ne pas penser à demain. T'empêcher de glisser trop rapidement vers un avenir différent du mien. Mais ce n'est jamais une stratégie très prolifique sur le long terme. À trop retarder l'inévitable, on ne fait qu'accumuler de la douleur qui est promise à exploser un jour. Et on ne peut alors s'en prendre qu'à soi-même. Il fallait ouvrir les yeux. Être plus fort(e). Partir avant de se faire claquer la porte aux nez.

Mais ce n'est pas entièrement vrai non plus. Avec le recul, plus je gratte la surface et plus les couches s'effritent. Mon travail d'archéologue sur les fossiles de notre histoire me fait réaliser que ce n'était pas qu'à sens unique. Ça ne l'est jamais. Je n'étais pas certain d'être à ma place non plus. Mes doutes faisaient pâle comparaison face aux tiens, mais ils existaient. Le navire penchait des deux côtés et ne pouvait décemment pas arriver à bon port. À une époque, j'essayais de me projeter vers des moments-clés de ma vie future, t'imaginant à mes côtés. Simulant ta présence, ton rôle. Hasardant tes hypothétiques réactions, fruits de ta personnalité, de ce qui fait que tu es toi et personne d'autre. Je me demandais alors si, dans ces conditions, je pourrais être heureux et épanoui. Était-ce de cette manière que je souhaitais voir mon avenir ? En ta compagnie ? C'est peut-être le test ultime, se projeter dans le futur en tenant la main de son ou sa partenaire et s'assurer qu'on ne la lâche pas en cours de route. Dessiner une silhouette lointaine, qui ne peut prendre qu'une seule et unique forme. Celle de l'être aimé. Ou peut-être qu'il n'y a pas à voyager si loin pour deviner la suite. Peut-être que tout est là, sous nos yeux. Qu'il suffit d'avoir la volonté nécessaire pour les ouvrir. Affronter une vérité que l'on refuse d'admettre. Dans tous les cas, alors que mon présent à tes côtés perdait de sa substance, mes visions du futur devenaient de moins en moins précises.

Quand on m'interroge sur la fin de notre histoire, je continue d'esquiver, de donner des réponses floues et incohérentes. J'ai honte d'admettre ce qu'il s'est réellement passé. Qu'au fond de moi, je savais sans doute depuis le début que notre relation était vouée à l'échec. Que je ne t'ai jamais sentie pleinement convaincue par un avenir à deux, ce qui a logiquement fini par déteindre sur moi. Mais lit-on tout de même le livre si on en connaît la fin ? Faut-il privilégier le voyage plutôt que la destination ? Je pensais avoir un avis tranché sur la question, mais jetant un œil averti dans le rétroviseur, je ne suis plus sûr de rien.

Je continue d'être malhonnête et par la même occasion, je me mens un peu à moi-même. En répétant inlassablement ne pas connaître la réponse, je réussis à m'en convaincre. Mais peu importe la version que je donne, il y a une chose que j'ai apprise et qui repose désormais au fond de moi. Nous n'étions pas faits pour être ensemble. Et il y a quelque chose de libérateur dans cette affreuse vérité. C'est une douloureuse délivrance de l'avoir finalement compris.

Le déclic 1/2

Nos cœurs sont condamnés à se briser. Nos vies promises à s'écrouler comme des châteaux de cartes que l'on doit reconstruire dame de cœur après roi de pique. Une immuable vérité à assimiler. Des moments difficiles à passer. Un grand huit duquel on ne peut descendre. Pour admirer l'arc-en-ciel, il faut supporter la pluie. Mais qu'est-ce qu'elle mouille !

Nous passons tellement de temps à établir des stratégies pour essayer de se remettre, de guérir, de passer à autre chose, que nous en oublions l'essentiel, qui est que nous ne contrôlons rien. On se fait conseiller, on dévore des livres de développement personnel, on suit des stratégies en dizaines d'étapes, on se force à aller mieux, à penser à autre chose, à voir d'autres gens, à s'occuper. Pourtant rien n'y fait, peu importe ce que l'on met en œuvre, peu importe notre implication et notre abnégation. Le cœur possède son propre timing, son propre rythme que l'on ne peut précipiter. Il ne peut être recousu sous anesthésie et subir une rééducation pour repartir de plus belle. Ce n'est pas une science exacte, il n'y a pas de théorie vérifiée et de mesures à appliquer pour atteindre un résultat projeté. Il ne faut pas la moitié du temps qu'a duré une relation pour s'en remettre. Il ne suffit pas de plonger dans les draps d'un inconnu pour oublier l'odeur de ceux de la personne qui n'est plus là. Aucun marabout ou shaman ne connaît de remède à cette malédiction. Il n'existe pas de grigri ou d'huile magique pour faire disparaître les tourments de l'amour. Courir à tout prix derrière des stratégies à mettre en place est illusoire. Si on ne peut se forcer à aimer, comment se forcer à ne plus aimer ? On ne peut ni décider d'allumer la mèche de nos passions, ni faire le choix de souffler dessus pour la faire disparaître.

Mais alors, que faire ?

L'accepter, sans doute. Reconnaître sa douleur, l'affronter, ne pas en avoir honte et tenter de l'étouffer en espérant l'oublier ou la faire disparaître. C'est finalement en accordant une certaine considération à ses difficultés que l'on fait un premier pas en avant. Ne pas fuir l'insoutenable réalité d'un cœur brisé. Au contraire, il faut plutôt apprendre à vivre avec. Tout du moins, pour un temps. Parfois, malheureusement, pour un peu plus. Parler à une personne de confiance, écrire ce qui nous ronge, écouter les paroles d'une chanson à laquelle on s'identifie, pleurer sous une couverture, si c'est ce que réclame notre corps. Il ne s'agit pas d'être passif, mais d'admette que l'on souffre, que l'on vit une période difficile, être ouvert avec ce que l'on ressent, à l'écoute. Notre cœur a déjà la tâche complexe de devoir se guérir lui-même, il ne va pas en plus s'amuser à supporter tous les sentiments que l'on refoule dans l'espoir que le déni produira un effet positif. La tristesse n'est pas un sentiment à évacuer, elle referme une certaine beauté, il faut simplement réussir à la trouver. La mélancolie peut être transformée, transcendée. Ce ne sont en définitive que des sentiments exacerbés, à fleur de peau. Nous ressentons avec plus d'intensité, et c'est le moment de se tourner vers la beauté des petites choses de la vie, que l'on a trop souvent tendance à négliger. Profiter de son café du matin en regardant les oiseaux par la fenêtre. Apprécier pleinement les paysages et la végétation qui nous entourent. Être reconnaissant d'avoir des personnes toujours présentes à nos côtés, contre vents et marées, et ne pas le prendre pour acquis. Savourer les moments en famille. Sortir. Marcher. Dire bonjour à des gens dans la rue et échanger un sourire. Laisser monter les larmes parce qu'elles sont preuves de vie. Je vois la tristesse scintiller aux coins de vos yeux brillants, et il n'y a rien de plus beau.

Être à l'écoute de soi-même, passer du temps seul, permet aussi de se redécouvrir, d'apprendre à se connaître. Se connaître, c'est évoluer, c'est se donner les clés pour avancer. C'est se construire un avenir plus solide qui nous empêchera peut-être de tomber d'aussi haut et de se faire aussi mal. Savoir qui l'on est et ce que l'on veut trace la voie vers ce qui nous conviendra, nous sera adapté. Si notre itinéraire est tracé à l'avance, notre objectif d'arrivée connu, on évite de se perdre, on passe à côté de la plupart des pièges et obstacles qui pourraient se présenter sur notre route et qui nous ont fait trébucher par le passé. On apprend de ses erreurs, en somme. Mais ça ne se met pas en place tout seul, ça demande de brûler et de renaître de ses cendres comme le Phénix. Et ça ne se fait pas en une nuit. On ne se trouve pas différent au matin parce qu'on l'a décidé. Il ne suffit pas de plonger la tête sous l'eau pour en ressortir une personne nouvelle.

Soigner ses blessures demande de la patience.

Faire la paix avec ce qui ne sera pas et être ouvert à ce qui pourrait être demande un certain travail sur soi.

Écouter les plaintes du cœur.

Être bienveillant envers soi-même.

Continuer à vivre pour tout le reste.

Et soudain, le déclic.

Le déclic 2/2

C'est un coup de téléphone.
Une photo imprimée sur la rétine.
Une phrase prononcée par un(e) ami(e).
Les mots d'un livre.
Les paroles d'une chanson.
Un interrupteur interne qui s'enclenche de lui-même.

On dit toujours que ces choses arrivent quand on s'y attend le moins. Je crois qu'il ne faut simplement pas l'attendre. Les meilleures solutions aux problèmes que l'on se pose nous apparaissent toujours lorsque l'esprit est occupé à des tâches de nature différente. C'est sans doute une logique applicable à beaucoup de situations. Dont celle-ci.

Mon déclic s'est produit dans un moment de rechute. On pense aller mieux, gravir petit à petit les échelons vers un état d'apaisement, arriver au sommet et pouvoir regarder l'horizon avec espoir et optimisme. Et notre pied glisse, nos mains lâchent, et on se retrouve à nouveau au pied de la montagne avec un mal de fesses, sans comprendre ce qu'il s'est passé. Tu commences à me manquer un peu moins avec le temps qui passe et soudain, j'ai à nouveau l'impression de ne plus pouvoir vivre sans toi. Je ressens à nouveau ce vide insondable au cœur de mon être. Aussi insupportable qu'inattendu. Si l'amour est une drogue, une rupture est un sevrage forcé. Et la voie vers la rémission est tortueuse, semée d'embûches, de hauts et de bas. Mais rechuter n'est pas un échec. Ce n'est pas un retour devant la ligne de départ. C'est une étape attendue vers la guérison. C'est une progression en soi. Ma montagne, je la connais mieux désormais, je l'ai apprivoisée, j'ai retenu les endroits sûrs par lesquels passer, les pièges à éviter. Je grimperai bien plus vite la prochaine fois et je ne glisserai plus au même endroit.

Toujours est-il que cette fois, si la rechute a été soudaine, la libération l'a été tout autant. Il faut parfois toucher le fond avant de pouvoir remonter, je crois que c'est ce qui m'est arrivé. J'étais réellement au plus bas lorsque je me suis adressé à toi pour essayer de te convaincre de revenir. On pourrait même considérer que c'était pathétique, n'ayant pas peur des mots. Tu étais tellement loin de tout cela, désormais. Dans une autre vie, avec une autre personne. Tu avais atteint ton sommet depuis bien longtemps. J'étais hors-jeu dans un match dont le coup de sifflet final avait déjà retenti. Je me suis logiquement repris un mur en pleine face. Et lorsque j'ai repris conscience, tout avait changé.

Je suis sûr que ça n'a pas duré très longtemps, mais pour un moment, dans cette brume qui commençait à se dissiper ; je t'ai détestée. C'était un sentiment aussi passager qu'étranger, presque inconcevable pour moi, mais je l'ai ressenti. Et c'est sans doute ce qui a été le déclic pour moi. Peut-être que je t'en voulais, peut-être que ta désinvolture m'a irrité, probablement que ce nouveau revers m'a vexé. J'ai été contrarié que tu aies retrouvé quelqu'un et que tu m'en parles avec aussi peu d'empathie et de considération. Pris dans cette spirale de ressentis exacerbés, j'ai repensé à toutes les petites choses qui pouvaient m'agacer chez toi, que je n'appréciais pas forcément, et je les ai noircies encore un peu plus au fusain de ma subjectivité. Elles n'avaient absolument aucune importance dans le portait d'ensemble, ne tenaient pas une seconde la comparaison avec toutes les choses que je pouvais aimer chez toi, mais là, je ne voyais plus que ça. Tu te résumais désormais à ces détails anodins, ces légers défauts qui parachèvent un chef-d'œuvre pour en faire une pièce unique, et j'abhorrais cette idée. Je ne retrouvais plus la personne que j'avais aimée, que tu avais fait disparaître pour la remplacer par cette nouvelle toi que je regardais désormais avec aversion. De manière assez paradoxale, tu étais celle qui m'avait éloigné de la personne que j'aimais, et je ne pouvais que développer du ressentiment à ton égard.

Faut-il forcément en arriver à détester quelqu'un pour pouvoir définitivement oublier cette personne et passer à autre chose ? C'est un constat plutôt sinistre. Et un mot fort. Mais les sentiments extrêmes ne peuvent naître qu'envers des personnes qui comptent. L'indifférence serait bien pire. Et tu ne m'as jamais laissé indifférent. Dans *Un Jour*, après des années séparés à évoluer chacun de leur côté, Emma déclare à Dexter : « Je t'aime, Dexter, tellement. Mais je ne t'apprécie plus. ». Nos sentiments changent, fluctuent, passent d'un extrême à l'autre, mais l'amour persiste. Toujours. En y repensant aujourd'hui, j'ai du mal à croire que j'ai pu te percevoir de manière si négative. Mais le temps passant, les souvenirs se noircissant, la rancœur s'agrippant pour ne plus lâcher ; l'ambivalence des sentiments est toujours plus vraie. Je ne sais plus si je t'apprécie. Je ne sais plus si je me plaisais en ta compagnie. Je ne sais pas si j'aurais un jour l'envie de te revoir. Mais je sais qu'une part de mon cœur t'appartiendra toujours.

Le déclic retenti au moment où l'on ne s'y attend pas. Mais il se présente également sous une forme que l'on n'imaginait pas. J'ai dû te détester le temps d'une respiration pour sortir la tête de l'eau. J'ai dû tâcher ton portrait pour espérer le regarder à nouveau avec une tendre affection.

C'était mon parcours.

Mon timing.

Mon déclic.

Je relis mes mots couchés sur le papier
Ces quelques pensées qui t'étaient adressées

Je reconnais à peine cette profonde douleur
Il n'en reste qu'un pincement au cœur

Suis-je enfin sur la bonne voie ?

Ne ferme pas les yeux

Je n'avais pas imaginé que mon cœur pourrait s'enflammer à nouveau aussi vite. Je ne le souhaitais même pas forcément. Mais étendu à tes côtés, sur ce matelas molletonné, j'avais compris qu'il est coriace, cet organe de vie aussi tangible que métaphorique. J'avais compris qu'on ne contrôle rien. De ceux qui partent, de ceux qui viennent, de ceux qui restent et de ceux qui ne font que passer. On s'accroche à ce que la vie veut bien nous accorder. On saisit le moment et l'enflamme en espérant que les braises nous réchauffent le plus longtemps possible et que la fumée n'assombrisse pas trop notre petit coin de ciel bleu. J'avais encore la tête embourbée dans mon nuage gris et étais incapable de discerner ce qui se passait autour de moi. Je ne t'ai alors pas vu arriver. Et pourtant, tu étais là, perçant le ciel tel un rayon de soleil, téléportée sur ma route par un arc-en-ciel magique. Je ne t'attendais plus depuis longtemps et tu es réapparue. Fantôme du passé ayant repris consistance. Rêve d'un jour devenu réalité d'un autre. Le mauvais temps s'était dissipé pour l'éternité d'un instant. La vie vous surprend toujours quand vous vous y attendez le moins, je commençais à croire que ce n'est pas qu'un simple cliché éculé.

Je te regardais dormir et j'avais beaucoup de mal à saisir le moment. Je le sentais déjà me filer entre les doigts. Je pressentais l'arrivée d'un mot d'excuse de l'univers me signifiant qu'ils ont fait erreur sur la personne. Ce n'était pas moi qui devais être présent à tes côtés, partageant cette nuit, contemplant le moindre trait de ton visage, porté par la douce mélodie de l'air capturé puis relâché par tes narines. Ce n'était sûrement pas moi qui avais gagné le droit d'assister au merveilleux spectacle de cette délicate innocence qui irradiait de tout ton être. Je crois que l'état d'inconscience produit par le sommeil laisse apparaître qui l'on est vraiment, parce qu'on n'a plus le contrôle. On ne décide plus de jouer un rôle, de s'adapter à un contexte particulier. C'est sans doute l'état le plus vulnérable dans lequel on peut se trouver. Et à ce moment, je voyais à travers toi. Je retrouvais des bribes que j'avais pu saisir à différents instants, quand tu étais éveillée, quand tu étais la toi de l'extérieur, celle de la vie de tous les jours. Cette charmante timidité, cette innocence dévastatrice qui me donnait envie de rester à tes côtés jusqu'à la fin des temps, dissimulées maladroitement derrière une certaine assurance et une carapace forgée par un monde qui ne nous laisse pas le choix. Qui refuse les failles, qui écrase les faiblesses. J'assistais à la libération de cette authentique beauté qui m'explosait au visage comme un millier d'étoiles. Et je ne pouvais retenir mon cœur de battre plus fort. Mais je ne pouvais pas non plus m'empêcher de me sentir tel un intrus qui profitait d'un bonheur qui n'était pas le sien.

Cette nuit et cette journée s'étaient déroulées comme dans un film : rien ne s'est passé comme prévu, mais tout avait été parfait. Changements de plans, rencontres surprises, choix inattendus ; le fil de l'intrigue s'était cousu en une parfaite broderie sans que je ne m'en rende compte. Toutes les pièces s'étaient mises en place pour que nous puissions partager ce moment, tous les deux. Nous avons discuté, souri, c'était nouveau et intimidant et je ne savais pas comment me mouvoir. Il faisait un peu froid dans la pièce. Nous nous étions réchauffé les pieds comme s'ils étaient des silex, dans un geste d'une sobriété et d'une intimité folles qui m'ont marqué. Tu ne t'en souviens peut-être pas, à juste titre, mais c'est resté avec moi. Le poids de la fatigue et la séance d'hypnose qui se tramait, alors que nos yeux ne se quittaient pas, avaient fini par avoir raison de toi. Tu avais fermé les yeux. Et je ne pouvais me résoudre à faire de même. J'avais beaucoup trop peur que ce geste signe la fin de ce moment magique. M'endormir aurait mis fin au rêve. J'aurais alors dû me réveiller et le moment serait passé. Je redoutais demain parce qu'il s'écrirait sans moi. Alors je prolongeais le chapitre présent autant que possible. J'inventais des descriptions infinies de ton visage éclairé par un rayon de lune qui se faufilait à travers les volets. J'ajoutais des paragraphes sur les ressentis de mon personnage, quitte à ennuyer les lecteurs. Je ne voulais pas fermer les yeux, parce que l'image projetée sur l'écran noir de mes paupières n'arriverait jamais à la cheville de la réalité se déroulant de l'autre côté de celles-ci. Alors je m'étais forcé à rester éveillé. À te regarder. À faire en sorte de prendre une photo mentale suffisamment précise pour qu'elle ne puisse jamais être dégradée par le temps. Jusqu'à ce que mon corps me trahisse à mon tour.

Dans un embrasement aussi inattendu qu'éphémère, mon cœur brisé a connu un dernier sursaut de chaleur avant de s'éteindre complètement. Imposture ou non, parenthèse enchantée ou note de bas de page douce-amère, je suis reconnaissant de cette ébauche de relation qui aura été riche en enseignement sur ma résilience sentimentale. À cette époque, j'avais enfin fini par comprendre qu'une personne qui ne veut pas de vous ne peut pas être celle que l'on désire. Alors je retiens précieusement ce souvenir dérobé et laisse tout le reste s'envoler.

Spoiler

J'éteins la télévision. Les images, les couleurs, s'évanouissent pour laisser place à l'obscurité d'un écran noir, résonnant avec le vide qui se creuse au plus profond de mon être. Il y a quelques secondes encore, j'étais plongé dans leurs histoires, pendu à leurs lèvres, transporté dans des vies qui ne sont pas les miennes, captif volontaire d'un idéalisme fictif. Avant que ne s'affiche le générique de fin, je pouvais encore m'évader et mettre ma réalité en pause. Désormais il n'y a plus rien, les personnages attachants et leurs répliques réfléchies et énoncées à la perfection m'ont quitté. Le cadre parfait pour leur rencontre et la musique de fond magnifiant l'instant ont disparu. Je me retrouve sans rien et je ne sais pas quoi faire de moi. La beauté enivrante est devenue banalité affligeante et je réfute ce constat. Je ne bouge pas tout de suite de peur de laisser mon esprit dériver vers un inévitable retour à la réalité. Je force, par volonté de l'esprit, la persistance, quelques instants encore, de ce monde qui vient de disparaître sous mes yeux. Et je m'entends implorer, tout bas, à peine audible dans ce silence désormais assourdissant. Renvoyez-moi là-bas. Il doit y avoir une erreur, ma réalité se situe de l'autre côté de l'écran.

J'ai le sentiment que la fiction a condamné toutes mes relations amoureuses. J'ai passé tellement de temps à vivre par procuration, à travers des histoires romancées et idéalisées, que la réalité ne peut plus faire le poids. Elle ne peut plus me satisfaire. Mes attentes sont tellement grandes, bordant l'utopie, qu'aucune personne ou relation ne peut raisonnablement les atteindre. Chaque baiser paraît manquer de magie. Chaque déclaration n'est qu'un brouillon qui aurait dû être réécrit plusieurs fois. Tous les moments d'intimité manquent d'élégance et de la bonne lumière pour les mettre en valeur. Les disputes ne sont pas assez explosives et ne vont pas au cœur des choses. Les répliques envoyées ne sont ni adéquates, ni assez percutantes. Je vis avec ces fantasmes dans ma tête qui ne se réaliseront jamais. Je suis prédestiné à vivre des versions bas budget des films que je mets en scène. Je rejette la réalité parce qu'elle n'est pas à la hauteur, construisant ainsi ma propre prison sentimentale.

Toutes mes émotions les plus vibrantes, tous les battements de mon cœur les plus retentissants, je les ai vécus comme simple témoin d'évènements qui se déroulaient loin de moi, à travers le prisme d'un petit écran à tube cathodique puis LCD. Dawson embrasse Joey pour la première fois devant la fenêtre de sa chambre, donnant sur le plus symbolique des pontons, menant au plus pittoresque des lacs. La caméra se fond dans la nuit, ne laissant derrière elle que deux silhouettes qui se mélangent, bercées par la mélodie des remous aquatiques. Et mon cœur fond littéralement. La rupture entre Rachel et Ross était si déchirante que son empreinte ne m'a pas quitté durant les jours qui ont suivi, traumatisant légèrement l'adolescent que j'ai pu être. Nate enterre le corps de Lisa sous un arbre en pleine nuit en hurlant à la mort et tous les poils de mon corps ne se sont jamais dressés aussi ardemment. Jess dit « je t'aime » à Rory avant de la laisser en plan au milieu de la rue. Abby repense à un poème et se remémore tous ses plus beaux moments avec Luka. Desmond appelle Penny à l'autre bout du monde et retrouve sa constante. Dana rompt avec Alice et brise deux cœurs qui ne peuvent retenir leurs flots de larmes. Tous ces merveilleux et douloureux moments, dont voici qu'un échantillon, ont forgé mon imaginaire romantique et scellé mon destin fait de déceptions et de désillusions amoureuses.

Je pourrais accepter la réalité, concéder qu'il ne s'agit que d'acteurs récitants des textes devant une caméra entourée d'une équipe de production. Je pourrais faire la distinction avec la vie réelle et ne pas laisser s'effriter la frontière entre ces deux mondes. Admettre, assimiler, qu'il ne s'agit tout simplement pas de la même chose, et qu'aucune comparaison n'est possible. Mais ce n'est pas ainsi que fonctionne mon cœur. Il est sans doute trop idéaliste et loin du compte, mais il s'accroche artères et ventricules à ces chimères qui le font battre plus fort que toute autre chose. Les voies du cœur sont impénétrables, comme on a tendance à le dire, et le mien désire vivre ces moments. Alors je m'y attelle. Je tente de les capturer, de les reproduire dans ma vie à moi, avec des personnes en chair et en os. Je suis devenu ce romantique naïf qui aime les grands gestes, les grandes déclarations. Surprendre la personne dont on est amoureux ou amoureuse et lui déclarer sa flamme sur le pas de sa porte. Inviter l'autre à danser au milieu de la rue sur une chanson jouée par les haut-parleurs de la voiture aux portes ouvertes. Cacher des lettres enflammées sous des oreillers. Écrire qu'on aime à la craie sur des trottoirs. Embrasser sans prévenir parce qu'il n'y a rien de plus beau qu'un baiser volé. Mais ça ne tient jamais la comparaison. C'est factice, beaucoup trop kitsch et/ou mal interprété. Je ne suis pas acteur et je n'ai pas le droit à une seconde prise. Je ne peux avoir recours à la magie du montage pour couper les petits ratés et ne garder que le meilleur. Tout est imaginé et répété avec attention, au détail près. Des plans en apparence infaillibles qui ne résistent jamais au test de la réalité, dont la pratique vient pointer les failles du doigt et tout faire imploser. L'assurance est facile à invoquer dans sa tête, mais le moment venu, je suis on ne peut plus maladroit, j'oublie mon texte, je me plante de cible ; j'en fais beaucoup trop. Par mes ardeurs de romantique chevronné, je fais peur et je fais fuir. Je gâche tout. Je positionne les barres à des hauteurs extravagantes et je me retrouve le premier effondré lorsque je ne les passe pas avec grâce du haut de ma perche tremblotante.

Alors je n'essaie plus. Je ne me frotte plus à la réalité plate et décevante des relations amoureuses concrètes. Je ne tiens plus à tomber de haut et continuer d'emporter d'autres personnes dans ma chute. D'innocentes personnes qui ont pu déceler quelque chose d'attractif chez moi, avant de se retrouver forcées à tenir la comparaison face à d'intangibles fantasmes névrotiques. Non, si j'ai besoin de ressentir à nouveau toutes ces sensations dans un moment de solitude, de mélancolie, de manque affectif ; j'allume ma télévision. J'insère un DVD, je lance une plateforme de streaming. Je replonge dans ce monde idyllique peuplé de personnages si familiers. Je m'enroule dans ces vies confortables, dans ces dialogues connus par cœur, comme dans une douce couverture rassurante. Rien ne peut m'arriver ici, tout y est beau et prévisible. Je connais le début, le milieu et la fin ; je ne suis jamais déçu. Peu importe les années qui passent, peu importe le nombre de fois où j'y retourne pour rejouer les scènes ; le résultat est toujours le même. Ce monde est toujours là. On ne pourra jamais me l'enlever.

Tu te demandes alors sans doute si notre amour, lui, tenait la comparaison. Je crois qu'il y a eu des moments qui auraient pu rivaliser. Des étincelles flamboyantes. Des soupçons de grâce et des éclats d'une authenticité rare. Je suis convaincu que ces moments ne feraient pas tâche, rejoués sur l'écran d'une télévision. J'apprécierais de les revoir. Et crois-en mon expertise, ce n'est pas anodin.

Et si je te créais, toi ?

Ces temps-ci, je suis submergé par cette irrépressible envie de créer des choses.
Et si je te créais, toi ?

Je commencerais par les cheveux. C'est beau, une chevelure.
C'est ce que je préfère, si je suis honnête. Et pas seulement parce que la mienne disparaît à vue d'œil.
Je la voudrais majestueuse ; et en même temps mignonne.
Brune ? Toujours. Des reflets plus clairs, peut-être. Oui.
Une frange, j'aime bien les franges. Elles donnent cet aspect « précieux », adorable.
Et c'est mystérieux, une frange, ça cache des choses. Qui n'aime pas le mystère ?
J'aimerais qu'elle s'illumine et ouvre des mondes lorsque les rayons du soleil la caressent.
Qu'elle fasse découvrir des sensations inconnues lorsque les doigts s'y aventurent.
Mais cela dit, on ne va peut-être pas commencer par les cheveux. Ce serait bizarre une chevelure qui se balade toute seule, sans corps pour la soutenir, sans visage pour la mettre en valeur.
Et imaginons que je la choisisse blond platine, on pourrait presque croire à un fantôme.
Il y a un concept à creuser, là. L'histoire de ma vie, le fantôme de mes cheveux. Un truc du genre.

Tes yeux, alors ? Ah, les yeux.
Le miroir de l'âme, si on en croit le proverbe. Et comment ne pas acquiescer ?
Je vais en mettre deux, ça t'irait ? Ce n'est pas le point sur lequel il faudrait faire preuve d'originalité, tu avoueras.
Leur couleur importe peu. Ce qui importe, c'est qu'elle se

marie parfaitement avec toutes les autres qu'elle rencontrera, tel un tableau abstrait éclatant qui prend un sens différent pour chaque témoin de son énigmatique beauté.

Non, vraiment… Bon, d'accord, brun noisette avec des reflets verts ?

Je pourrai toujours te prêter les miens, il y a peu de choses que j'aime chez moi et qui valent le coup, autant que tu en profites. Mais surtout, ce que j'aimerais, c'est y faire entrer l'infinité de l'univers à l'intérieur.

Pour que tu aies littéralement des étoiles dans les yeux, en permanence. Pour que toute personne qui croise ton regard s'y perde au milieu d'une galaxie d'apaisantes sensations.

Mais, à y réfléchir, ce serait peut-être incommodant pour toi, que tout le monde se fonde dans ton regard et que plus personne n'arrive à en sortir. On ne va pas t'imposer tel fardeau. Les belles théories de ne s'allient pas toujours aux frustrations du réel.

Alors, oublions les galaxies, mettons-y simplement quelques étoiles, et qu'elles puissent attirer et changer les trajectoires de quelques étrangers. Ce sera déjà beaucoup.

Bon, les yeux, c'est une chose, mais le regard, en est profondément une autre.

Je veux que ton regard soit doux, qu'il brille d'une authentique bienveillance.

Qu'il soit légèrement timide, peu assuré, mais d'une incorruptible sincérité.

Un regard mystérieux, qui invite l'intrigue et les questions.

Qui en dit long sur ton cœur, mais qui ne dévoile rien de ton esprit.

Un regard ayant la capacité de se durcir lors d'agressions externes, à l'image d'un hérisson qui se met en boule et se réfugie sous ses piques pour se protéger.

Un regard qui soit tout aussi expressif lorsqu'il est fermé. C'est possible, crois-moi, les personnes qui auront la chance d'observer ta paisible beauté lorsque tu dormiras pourront te le confirmer.

Et plus j'y pense, plus je me dis que je vais donner les mêmes attributs à ta bouche, à tes lèvres, à ton sourire.

À la différence près que ton sourire sera large, plus large que la vie elle-même.

J'ai déjà envie de t'entendre, dès maintenant, alors que tu n'es qu'une paire d'yeux flottants et un sourire en coin, surmontés d'une oscillante chevelure.

Le plus beau cadeau que je puisse te faire, d'un point de vue personnel, et peut-être un peu égoïste, est une voix merveilleuse.

Une voix qui fait vibrer, qui fait voyager, qui arrête le temps, qui touche directement l'âme et lui donne l'impression d'avoir une place bien à elle dans un monde inconsistant.

Une voix qui donne un sens à la vie…

Suis-je trop utopique ? Prétentieux ? Tu ne peux pas encore me répondre puisque tu n'as pas de voix, entre autres petites choses, je le comprends.

Mais, finalement, est-ce vraiment ce qui te plairait ? Serait-ce ton ambition ? Ai-je le droit d'aller jusqu'à faire ces choix lorsque je te donne vie dans ma tête ?

Et l'accepterai-je ? Accepterai-je de partager cette voix avec le reste du monde ? D'offrir ces merveilleuses et incomparables sensations à d'autres personnes ? Chanterais-tu seulement pour moi ? Ma jalousie et ma possessivité n'en font parfois qu'à leur tête. S'il me reste un peu de pouvoir créatif lorsque tu seras achevée, j'essaierai de m'en servir pour travailler là-dessus.

Voilà ce que l'on va faire : je vais te donner le pouvoir d'accomplir des miracles avec ta voix, et le choix de l'utiliser sera tien.

Je vais finir les contours de ton visage.

Je peaufine ton nez, un peu trop grand, mais qui trouve parfaitement sa place au centre de ton expressivité.

Tes séduisantes pommettes, tes sourcils, tes paupières et tes cils, tes cernes, tes oreilles, tes grains de beauté, le teint de ta peau… Je me laisse porter par mon intuition et ma créativité, qui ne sont pourtant pas toujours au rendez-vous.

Ce sera par conséquent loin d'être parfait. Mais ce sera toi.

Je t'épargne les détails et mes réflexions derrière ce processus, tu te rendras bien assez vite compte du résultat.

Oh, mince.

Je me rends compte que j'ai totalement dérivé sur du plagiat.

Je crois que je me dirige vers une copie approximative d'Elena Tonra.

Saleté d'obsession.

Bon, j'aurai toujours le temps de revenir là-dessus et modifier tout ça.

Ne perdons pas plus de temps sur des considérations physiques et passons à ce qui importe le plus, les pièces essentielles.

On aborde la plus importante ?

Le cœur, tu en penses quoi ?

Un cœur grand comme ça.

Un cœur qui sait aimer, qui sait pardonner. Et écouter, aussi. C'est important d'écouter. C'est simple et ça peut éviter beaucoup d'ennuis.

Je ne vois pas trop où on mettrait son oreille, cela dit. Bah, on improvisera, il y a de la place à l'intérieur. On tape au moins dans du F2, là. Et comme ça, tu pourras y inviter plein de monde ! Certains y resteront un bout de temps, d'autres squatteront temporairement, mais ils auront tous leur petite place attitrée.

Il te faudra aussi un cœur tout le temps au chaud. On pourrait y mettre le chauffage centralisé, mais ça manquerait de charme. Et vive la facture. Je préfère lui fournir une petite couverture toute mignonne pour se maintenir à bonne température. Mais évitons les motifs en forme de cœur brodés dessus. Tu t'imagines à sa place, enroulée en sushi dans une couverture qui affiche ta propre tête ? Le malaise.

Ton cœur, enfin, je veux qu'il soit fragile. Je sais, je sais, tu risques de me maudire plus d'une fois, parce que certains s'amuseront à s'en servir pour le briser. D'autres le feront sans le vouloir. Et souvent, il t'échappera des mains et tu seras toi-même responsable des éclats qui te déchireront la poitrine. Mais la bonne nouvelle, c'est que ton cœur, ma chère, ce sera un Wolverine. Il sera capable de se régénérer autant de fois qu'il le faudra. Ce ne sera pas toujours facile, ça demandera parfois du temps, beaucoup de temps, mais il y arrivera. Et sur le long terme, tu en seras reconnaissante, de ce petit cœur cristal incandescent.

Mais je délire un peu, en fait. Soyons réalistes, ce n'est qu'un organe, ce truc. Et qui ne marche pas toujours très bien, en plus. Alors, pour cette fois seulement, je vais être pragmatique et t'offrir un cœur qui fonctionne. C'est déjà bien, ça, non ?

Alors, fatalement, attaquons-nous au véritable marionnettiste du cœur : le cerveau.

Mais ça a l'air extrêmement complexe, ce machin. Tu ne m'en voudras pas si j'y mets une simple boîte noire et que j'espère pour le mieux ? Ça n'avait en tout cas pas dérangé les courants de psychologie cognitive, et qui suis-je pour les contredire ?

Malgré tout, ce serait pratique si je pouvais légèrement influer sur tes capacités et ta personnalité. Je ne suis plus à un complexe de Dieu près, au diable le libre arbitre.

« J'aime bien les questions, presque autant que les réponses », elle m'a dit, une fois. Ça me plaît. Tu seras donc très curieuse. De tout. Et jamais satisfaite des réponses brèves et superficielles.

Tu seras compréhensive et sauras faire preuve d'empathie,

parce que sans cela, crois-moi, tu iras droit dans le mur. Ou tout du moins dans une seule direction, pour le restant de tes jours. Et ce serait bien regrettable lorsque l'on sait à quel point le monde est vaste et regorge de choses à découvrir et à apprendre.

D'expérience, il y a trop de gens enfermés dans leurs propres prisons, alors aidons-les un peu en te dotant d'un certain pouvoir de persuasion. Mais juste un soupçon, suffisamment pour qu'ils aient envie de t'écouter, qu'ils soient inspirés par tes mots et leurs mélodies, captivés par ta présence et ton aura. Notre époque a besoin de femmes fortes, je lui en envoie une. Mais ne crois pas que ce soit une faveur qui n'est faite qu'au reste du monde. Ce combat, si tu choisis d'y participer, de le mener, sera le projet le plus enrichissant et important que tu pourras porter.

Tu ne seras pas obligée d'être constamment gentille et avenante, aucun intérêt à cela. Tu ne seras même pas contrainte d'aimer tout le monde, voire d'aimer les gens en général. Ça se joue à un autre niveau, au-delà de l'individualité. Comme l'a dit Dostoïevski, « Plus j'aime l'humanité en général, moins j'aime les gens en particulier. », et il n'était pas trop bête, le gars.

Tu pourras croire en ce que tu souhaites : les divinités, le Père Noël, les causes perdues, le rap... Tu te feras ton opinion. C'est la liberté de chacun, et plus encore, c'est éminemment personnel et ça n'a, au final, aucune espèce d'importance si tu t'accroches aux principes inculqués précédemment.

Quelques règles élémentaires tout de même : les chats plutôt que les chiens, l'hiver plutôt que l'été (je suis tellement impatient de te découvrir dans ton long manteau, une belle écharpe autour du cou et un bonnet à pompon sur la tête, marchant et frissonnant sous la neige), le livre plutôt que le film (mais si film il y a, version originale à tous les coups !), le thé plutôt que le café, les bougies plutôt que les lampes, la ville plutôt que la campagne, la solitude plutôt que la mauvaise compagnie, une balade dans la nature plutôt qu'un après-midi canapé (j'apprends aussi de mes erreurs par procuration).

Je demanderai à la compagnie d'électricité de toujours faire attention à ce que ton cerveau soit bien alimenté.

Et de jolies synapses. Que le courant passe bien entre elles, qu'elles vivent heureuses et fassent plein d'enfants.

Enfin, un cerveau qui t'apporte une vie onirique des plus riches et des plus douces. Et si tu fais des cauchemars, si tu imagines des choses horribles, il fera en sorte que tu ne t'en souviennes plus lorsque tu ouvriras à nouveau tes jolis yeux.

J'ai plein d'envies et de conseils pour toi.

Mais on pourrait finalement tout résumer en quelques idées.

Je te souhaite d'être ouverte au monde qui t'entoure, d'avoir la capacité d'aller vers les choses et les gens qui t'attirent, de ne pas être emprisonnée par tes propres limites.

De vivre pleinement, finalement.

Aïe, c'est un peu cliché tout ça, tu ne trouves pas ?

Mais c'est aussi la seule et unique clé à l'épanouissement que je connaisse.

Alors accepte les quelques humbles leçons nées du fruit de mon expérience.

Et j'ai envie de te promettre une chose, s'il me reste assez de force pour produire une influence extérieure à ton être : je ferai de la vie une tarte au citron, que tu puisses la mordre à pleines dents.

Il reste encore beaucoup de choses à faire, à imaginer.

C'est compliqué, finalement, de créer un individu de toutes pièces.

C'est compliqué, un individu, tout simplement.

J'ai dû sous-estimer la tâche dans laquelle je me suis lancée.

Mais j'ai envie de la mener à terme, d'aller au bout des choses et d'être témoin de ce qu'il en résulte, une fois n'étant pas coutume.

Même si je réalise que tu serais pleine de dissonances et de contradictions.

Tu n'aurais pas beaucoup d'équilibre, ni de cohérence.

Et peut-être même pas beaucoup de sens.

Tu serais très humaine, finalement.

Je crois que je m'en sors pas trop mal.

Et j'en viens à me poser une question ?

M'apprécierais-tu ? M'aimerais-tu ?

T'aurais-je créée pour cela ?

Tu ne pourrais pas être à moi, et je refuserais que tu le sois.

Je ne pourrais pas priver le monde de ta si belle personne.

Et même si j'essayais, dans tous les cas, tu finirais par partir, par voler de tes propres ailes.

Alors je me résous à ne pas m'attacher, à ne rien espérer d'autre que pour toi que d'éclore à ton paroxysme, telle une majestueuse fleur, d'accéder à tout ton potentiel et de t'épanouir, dans un monde qui en a tant besoin.

Tu n'existes pas encore totalement.

Et tu resteras peut-être à jamais une idée.

Mais tu me manques déjà.

Le chemin d'en face

Bon, il m'est arrivé un truc dingue, il faut que je vous raconte. Je me suis retrouvé debout, seul, au beau milieu d'un carrefour que l'on pourrait qualifier d'un peu intimidant. Un carrefour, tu vois un peu la chose ? Cette espèce d'embouchure dans laquelle viennent s'emboîter diverses voies, routes, chemins ; bref, un endroit où tu as forcément un choix à faire si tu souhaites te déplacer. Sauf qu'en réalité, celui-ci était assez étrange. Et je ne fais pas seulement référence à cette ambiance sortie tout droit d'un reportage amateur sur des lieux abandonnés flippants, aux routes recouvertes d'herbe et de mousse verdâtre, et dans lesquels le ciel a disparu pour être remplacé par une tapisserie gris foncé insondable qui pèse froidement jusque sous l'épiderme. Non, le plus étrange, c'est qu'il n'y avait pas de routes devant moi ! J'ai dû me retourner et regarder dans la direction opposée pour découvrir quelques embranchements qui s'éloignaient au loin. C'est assez suspect, non ? Mais quel est le problème, me diriez-vous, prends l'un des chemins existants et barre-toi en courant, mon grand ! Sauf que ça me tracassait, cette affaire. Pourquoi est-ce que je me serais retrouvé de ce côté où il n'y a rien ? Je suis pourtant bien placé au centre d'une sorte de zone ovale, relativement goudronnée, que l'on s'attendrait à voir s'ouvrir sur des chemins dans tous les sens. Mais face à moi… Rien ? Une espèce de vide indéfinissable ? Attendez, serait-ce une métaphore de très mauvais goût sur ma vie ? Sérieusement ? Ou alors c'est moi qui projette mes angoisses… Ouais, c'est ça, hein ? Bref ! Dans tous les cas, et par principe, je refusai de retourner en arrière, ce n'est jamais l'idée la plus inspirée. Ah, et je vous ai pas dit, il pleuvait, bordel. Mais genre des cordes ! De celles dont tu as l'impression qu'elles s'infiltrent en quelques secondes jusque dans tes sous-vêtements, pour caresser froidement tes parties intimes. Idéal, quoi ! Bon, je me retournai donc pour reprendre ma position d'origine et…

- AAAH !

Le cri de terreur m'échappa. Et un sursaut incontrôlable m'envoya quelques centimètres en arrière. Quelque chose était apparu en silence dans mon dos pendant que je débattais intérieurement du bien-fondé des carrefours à sens unique. Remis du choc, mais encore très perplexe, et surtout méfiant, j'essayai de disséquer et de donner du sens à cette… Chose, qui se trouvait face à moi. On aurait pu comparer cela à une sorte de nuage, qui aurait été mis au congélateur un instant, juste assez pour que seulement l'extérieur soit givré et que l'intérieur continue à bouger. Et dans cette partie intérieure malgré tout visible et mouvante, dans la couleur oscillait entre le gris orageux et le bleu bonbon Schtroumpf, il était possible de déceler ce qui était assimilable à un visage. Deux trous symétriques tels des yeux. Une bouche, peut-être. Une forme étrange dans sa totalité, elle aussi mouvante. On pouvait presque y reconnaître des gens, des êtres aimés, ou pas du tout. Presque y voir le reflet de son propre visage, ou pas du tout. En lévitation à un mètre du sol, elle bougeait constamment et de manière saccadée, presque frénétique. On se serait cru dans un court-métrage à petit budget de David Lynch.

- Hé.

Deuxième sursaut. Ça parlait, en plus, ce truc. Avec une voix à la fois portante, qui fait écho dans ce lieu mystérieux semblant pourtant tellement vaste, mais aussi très douce et intimiste, te rappelant les berceuses de tes parents ou les mots doux de ta moitié. Une voix de coton métallique qui te caresse l'intérieur de l'oreille au point de te rappeler qu'il s'agit bien d'une zone érogène chez beaucoup d'individus, mais qui te fait aussi grincer des dents jusqu'au plus profond de tes plombages.

- Tu vas rester planté là ? Ajouta la voix, tout naturellement.
- Euh… Mais vous êtes qui ? Ou quoi ? Et je suis où d'abord ? C'est quoi ce bordel ?!

- Ces questions n'ont aucun intérêt, je préfère la mienne.

- Hein ? Mais… Qu'est-ce que vous faites là, si c'est pas pour m'aider ?

- Ah, d'accord, toi tu rencontres quelqu'un qui n'est pas familier et tu penses immédiatement qu'on va t'aider ? Ça doit être bien dans ton monde.

- Mais ! Lâchai-je avec une touche d'exaspération palpable.

- Bon, je vais t'aider parce qu'autrement, on risque d'être encore là dans dix unités de temps. T'es censé avancer, là, le génie.

- Mais avancer où ? Je sais pas moi… Et tiens, tant qu'on y est, il est où le chemin d'en face ? Pourquoi y en a pas ?

- Ça n'existe pas un « chemin d'en face », tout est question de point de vue, de perspective.

- Bon, y a une minute, j'avais encore peur de toi, mais là tu commences plutôt à m'agacer, espèce de… nuage… glacé… moralisateur !

- T'en fais pas, ça va vite reveniii… ii… kzzzz… zzzkzkzk…

L'intérieur du nuage eut soudain un comportement étrange et déstabilisant, disparaissant et réapparaissant à un rythme frénétique, avant de disparaître totalement.

- Euh, allô ? Tu nous fais quoi, là ? Essayai-je de savoir, un peu perturbé par cette soudaine disparition, cerise sur le gâteau d'un moment complètement loufoque.

Un bruit sourd de tonnerre tel celui qui s'abat sur la toiture d'une maison et fait voler toutes les tuiles en morceaux éclata soudain, et l'intérieur de la chose réapparut lentement en dégradé, accompagné par le même son électrique que tout à l'heure.

- Hum, pardon. Une affaire à régler. Où en étions-nous ?

- T'étais sur le point de tout me balancer ! Ce que je fous là et comment je me tire !

- Ah ! Bien tenté, mais non. Si tu veux aller en avant, ou « en face » comme tu le dis si maladroitement, il va falloir que tu retournes en arrière.

Je retournai la tête, histoire de vérifier que les chemins étaient toujours présents et que c'était bien de ceux-ci dont il parlait, avant de rétorquer :

- Tout ça pour ça ? Je l'aurais deviné tout seul, y a que par là que je peux aller !

- Alors pourquoi tu poses la question ?

- Oh mais vas te... Je me calmai, reprenant un peu mes esprits et mon sang-froid. J'ai pas envie d'aller par là de toute façon, ça ne m'inspire pas trop confiance.

- Tu n'as pourtant pas le choix.

- T'es vraiment d'un grand secours toi, dis donc ! Je sais pas, tu peux pas créer un chemin magique avec tes super éclairs et on en parle plus, ciao, adios.

- Mes éclairs ? Je ne peux rien faire de la sorte.

- Bon, tu sais quoi, je préfère encore retourner en arrière que t'écouter une seconde de plus. Je me casse, t'as fait ton job, retourne là d'où tu viens et passe le bonjour à tes potes nébuleux. Si t'en as.

Lassé (et on le serait à moins !), je fis demi-tour et m'apprêtai à partir quand je fus arrêté dans mon élan par sa voix glaçante.

- Attends.

- Quoi encore ?

- T'aurais pas un... « chewing gum » ? C'est comme ça que vous dites ?

- Un chewing-g... ? Mais t'es sérieux ?... Je me mis à parler à moi-même, comme pour essayer de rester concentré et de ne pas perdre la tête. Ok... Ok, tout va bien. Tout. Va. Bien.

- C'est que j'ai toujours eu envie d'y goûter.

- Ouais. Cannelle, ça te va ?

- Je ne suis pas difficile.

J'ouvris ma sacoche brune en faux cuir totalement trempé que je portais en bandoulière pour en sortir un paquet de chewing-gum. J'en retirai un du lot en le faisant glisser contre les autres, essayant d'éviter les gouttes d'eau menaçant de déchiqueter le papier. Je m'apprêtai à tendre le bras pour le lui donner, me rendant soudain compte du ridicule et de l'impossibilité de la situation. J'écartai les bras comme pour appeler une indication sur la marche à suivre.

- Pose-le par terre, ça ira très bien.

Je n'essayai même plus de chercher la logique et m'exécutai. Je remballai vite fait mon paquet de friandises avant d'une nouvelle fois faire demi-tour sur moi-même et de cette fois réellement m'éloigner, prenant au hasard l'un des chemins à ma disposition. Je continuai à avancer, d'un pas de moins en moins assuré, alors que la route commençait à rétrécir sous mes pieds et que l'atmosphère sombre aux alentours se faisait de plus en plus oppressante. Tout semblait se réduire à mesure que j'avançai, devenant étouffant, presque claustrophobie, jusqu'à ce que tout disparaisse et qu'un noir profond et absolu s'abatte sur moi comme une chauve-souris sur sa proie. Engourdi, désorienté, j'essayai de trouver mes repères, cherchant un point d'ancrage sur lequel m'appuyer pour continuer à avancer. Mais lorsque j'eus retrouvé la stabilité nécessaire pour faire un pas en avant, celui-ci ne trouva aucune base solide sur laquelle se poser et j'eus l'effroyable sensation de tomber, de subir une lourde chute de plusieurs mètres, jusqu'à m'écraser sur ce qui sembla être du verre, qui explosa sous l'impact de mon corps meurtri. La plaque de verre était en morceaux et la douleur de la chute ne me permit pas de le réaliser d'emblée, mais j'avais subi des dizaines de coupures sur tout le corps. Paradoxalement, les bouts de verre éparpillés sous moi, continuant à me faire souffrir, m'obligèrent à me lever et m'empêchèrent de rester étalé au sol, trop abattu pour me relever. Mais ce fut peut-être une meilleure option, car à peine redressé sur des jambes en spaghetti, je fus attaqué par des espèces d'écrans volants qui se dirigeaient violemment vers moi. Ces écrans diffusaient des vidéos, que je n'eus pas le temps d'identifier, bien que familières, trop occupé à essayer de les éviter en jouant les acrobates. Fatalement, l'une d'elles me heurta de plein fouet au visage et me mis K.O.

Je me réveillai je ne sais où, peut-être au fond de mon subconscient, peut-être dans un rêve, ou encore sur un plan astral différent, qui sait ? Mais le fait est que j'étais dans un état de pleine conscience et que je compris très vite ce que contenaient ces films tout à l'heure : mes souvenirs. Ma vie entière, ou tout en cas, ses morceaux choisis. Et je les revécus, tous, l'un après l'autre. Certains rapidement, à peine effleurés, d'autres plus profondément. Certains de loin et d'autres placés au centre des débats. Être témoin de sa vie qui défile devant ses yeux, ce n'est pas ce qui est censé nous arriver juste avant de mourir ? Bon sang. Mais pas le temps d'y penser, pas le temps de réfléchir, j'étais porté par les vagues de mes souvenirs et je ne contrôlais plus rien. Mes minis fugues puériles et idiotes qui mettaient mes parents en rogne quand j'étais bien plus jeune. Mes parents qui nous laissaient seuls certains soirs, mon frère et moi, pour aller boire le café chez les voisins, et que l'on cherchait en larmes, ayant le sentiment d'avoir été abandonnés. Les différentes fois où j'ai été persécuté à l'école par des petites brutes parce que j'étais incapable d'avoir assez d'assurance pour me défendre. Ma petite amie de l'époque qui s'amuse à s'aventurer sur d'autres sentiers alors que l'on est encore ensemble. Quatre jeunes gens qui dansent sur un ponton devant des caméras et qui vont façonner ma manière de voir le monde, pour le meilleur et pour le pire. La jolie lycéenne à qui j'ai mis 2 ans à déclarer ma flamme, le faisant de manière très maladroite, ce qui causa un malaise irrécupérable. E.T., cette saleté de film qui m'a tenu éveillé des nuits entières. Toutes les fois où j'ai été incapable de dire ce que je pensais ou ressentais, comme bloqué, alors que je savais pertinemment que cela rendrait les choses plus difficiles. Le goût traumatisant d'une banane au chocolat autour d'un feu de camp. Moi, pas à ma place derrière ce bureau. Tous les moments où je me suis senti seul au milieu d'un groupe de gens. Elle... Dont je ne sais pas encore si les moments partagés resteront jolis et heureux ou s'ils seront à jamais entachés par un ressentiment tenace. Mes difficultés d'expression orale, en transversal, encore, toujours et tout le temps. Tout cela et bien plus encore. Les amis, anciens et présents, les conflits, passés et actuels, les doutes, les regrets, les idées noires, des moments charnières, des anecdotes pleines de sens, des détails. Je ne le perçus pas tout de suite, mais plus je revivais ces moments de ma vie, plus les coupures sur mon corps cicatrisaient. Jusqu'à ce que tout s'embrouille, tout devienne flou, tout disparaisse. Du noir. Encore. Puis une lumière. Faible. Lointaine. Je m'avançai. Un miroir. Brisé. Je regardai entre les failles. Mon reflet déformé. Si tout cela avait le moindre sens logique, je compris ce qu'il me restait à faire. Je pris du recul, fermai les yeux, et courus en direction de ce moi morcelé. Au moment de l'impact, les morceaux de verre brisés se rattachèrent les uns aux autres pour de nouveau ne faire qu'un. Et je passai de l'autre côté.

De retour au centre du carrefour maléfique, je me retrouvai dans une position maintenant familière, de retour à la case départ, et il n'y avait toujours pas de chemin en face de moi. La pluie s'était arrêtée, par contre, et laissait place à quelques rayons de soleil timides. Mon imaginaire de geek amateur de fantastique se mit tout de suite à envisager l'hypothèse d'une boucle temporelle, forcément. Et pour ne pas décevoir mes attentes et voir jusqu'où cela me mènerait, je décidai de refaire les mêmes actions qu'auparavant et fit demi-tour sur moi-même. Les routes de ce côté-ci étaient toujours présentes, dont celle que je venais de prendre. Mais venais-je vraiment de la prendre ? En pleine confusion et à court d'options, je me retournai de nouveau machinalement et trouvai enfin mon salut. Le chemin ! La route ! Elle était là ! En face de moi et dans le bon sens cette fois !

- Ah, te revoilà.

L'espère de grossière créature était réapparue à mes côtés, et je devais sûrement commencer à m'habituer à toute cette folie puisque je ne réagis pas, ne bougeai même pas d'un iota. Après un petit regard plein de sarcasme et de défiance en sa direction, je décidai de rentrer dans son jeu, maintenant que mes options s'étaient élargies et que l'issue semblait plus optimiste.

- Tu viens de me piquer ma réplique.

- Je vois que ça a fonctionné pour toi.

- Je ne vois pas de quoi tu parles, feignant toujours un détachement assuré.

- Très bien. J'étais venu m'assurer que tu retrouverai ton chemin, il faut croire que je me suis un peu attaché à toi. Et ce chewing-gum était vraiment bon. Mais je pense que tu n'as plus besoin de moi désormais.

- Attends ! Tu n'as en rien l'air d'être surpris de ce qui se passe. Tu me caches quoi depuis le début ?

- Mon rôle était simplement de te guider, mon ami. Je ne cache rien. « Ami », c'est bien de la sorte que se qualifient les humains ?

- Tu veux qu'on soit ami ? Raconte.

- … Très bien.

L'intérieur de la créature changea à nouveau et le semblant de visage disparu pour laisser place aux mêmes vidéos qui m'avaient été projetées un peu plus tôt ; tous ces moments de ma vie, passés en accéléré, aléatoirement, se confondant, formant un tout. Il reprit la parole par-dessus ces images qui continuaient de défiler.

- Pour faire apparaître ce chemin et aller de l'avant, il te fallait remplir deux conditions. La première : ton esprit devait être plus léger que lorsque tu es arrivé. C'est désormais le cas, tu as pu te libérer d'un certain poids. Ce n'est certes pas encore parfait, tout n'est pas réglé… Tu l'aimes toujours.

- Je sais.

- Et il reste des zones d'ombre que tu n'as toujours pas réussi à explorer. Mais rien qui ne t'empêchera de passer aujourd'hui. Il fit réapparaître son drôle de visage.

- Et la deuxième condition, c'était quoi ?

- Quand tu t'es retourné tout à l'heure, que tu as de nouveau regardé derrière toi, de là d'où tu venais, sais-tu ce que tu as fait ?

- Comment ça ?

- Tu as souri. Ce qui n'avait pas été le cas la première fois.

Tu tirais même plutôt la tronche à l'idée de regarder en arrière, à vrai dire. Et pouvoir regarder son passé avec positivité et le cœur chaleureux, devine quoi ?

- C'était la deuxième condition. Ok… Je vois.

Je fis une longue pause et contemplai l'horizon qui se dessinait devant moi, désormais empli d'espoir et de promesses, réalisant ce qui venait de se passer lors des dernières minutes, ou heures d'ailleurs, je n'avais plus aucune notion du temps.

- Je suppose qu'il ne me reste plus qu'à prendre la voie qui m'est toute tracée.

- Rien n'est tracé, rien n'est défini. Tu as seulement la possibilité d'avancer, ce qui représente déjà une sacrée aubaine. Ravi de t'avoir connu, je te souhaite bon coura…

Alors qu'il partait dans un grand discours philosophique d'adieu, je l'interrompis nonchalamment, ayant décidé de ne pas lui laisser une seconde de répit, au bougre. Il l'avait bien mérité !

- Du coup, c'est toi qui as fait revenir le soleil ? Changer le cadre pour coller à ma réussite au test, c'est bien vu.

- Mais je n'ai rien à voir avec ça, je suis pas un putain de nuage ! Lança-t-il, avec une pointe d'exaspération, mais ayant tout de même compris que je le charriai. Cela ne l'empêcha pas pour autant de se lancer aussitôt dans une sortie dramatique, sans demander son reste. Un bruit lourd de tonnerre résonna à nouveau et il sembla disparaître graduellement, se fondant dans le décor.

Je me retrouvai seul avec mon chemin d'en face. Sans hésiter, je l'empruntai, d'un pas déterminé cette fois. Je n'avais pas la moindre idée d'où cela me mènerait, mais je savais que j'étais enfin prêt à le découvrir.

J'ai essayé de trouver les mots justes pour conclure.
Comme s'ils t'étaient adressés
Comme s'il s'agissait d'un nouvel adieu
D'un réel adieu.

Ils ressemblaient à :
« Je te laisse enfin derrière moi. »
« Je laisse les mots s'évanouir, et mon cœur guérir. »
Je n'ai même pas pu éviter le cliché du :
« Je tourne la page. »

Mais ça n'a pas d'importance en soi
Ce qui en a, en revanche
C'est que ma prochaine page est blanche
Et ne parlera pas, je crois,

De toi.

Mais ces mots ne te sont pas destinés
Ils sont faits pour s'envoler
Et laisser derrière eux
La trace d'un instant précieux

Ils pointent du doigt la beauté
D'un amour passé
De vies jadis parallèles
Devenues fantômes éternels

Ces mots sont pour nous / pour vous
Puissent-ils sublimer
Nos souvenirs fragilisés
Et nos cœurs brisés

INDEX

REMERCIEMENTS

Dans l'accomplissement qu'est la publication de ce livre pour moi, je tiens à remercier en premier lieu mes éditeurs de fortune. Alexandre, Tristan et Calogero, merci pour vos lectures, corrections, avis et conseils. Et pour votre soutien durant ces mois de doutes et de questionnements.

Merci également à mes libraires préférés pour leurs lectures et conseils.

Merci à mes parents d'avoir toujours eu l'ouverture d'esprit et la compréhension nécessaire pour me laisser faire des choix de vie douteux. Et pour leur soutien de tous les instants.

Et merci à tous ceux et celles qui m'ont inspiré, qu'ils en soient conscients ou non.

PLAYLIST

La musique détient une place particulière dans cette œuvre. Elle n'est pas omniprésente (je me suis réfréné !), mais a malgré tout une sorte d'emprise sur l'ensemble. Dans cet esprit, j'ai concocté une playlist composée de titres écoutés durant l'écriture de ce livre. Certains sont directement cités dans les textes, d'autres m'ont inspiré ou ont une signification particulière, et d'autres encore ont simplement été les musiques d'ambiance qui m'ont accompagné.

La playlist est disponible en ligne sur ces deux plateformes de streaming :

Spotify : *https://open.spotify.com/playlist/6rI89tKeMv7sNUaQBgLlkg*

Deezer : *https://deezer.page.link/fK6gL33BzBYUNPQ88*

Vous pouvez également la trouver en tapant simplement le nom du livre dans les champs de recherche.

Bonne écoute.

À PROPOS DE L'AUTEUR

Julien Capoulun a déjà bien entamé sa trentaine et vit actuellement à Metz. Après un récent changement de carrière, il est toujours à la recherche de sa voie professionnelle, mais est désormais persuadé qu'elle se trouve quelque part au milieu de piles de livres.

Passionné par les comics et la pop culture au sens large, il est l'un des fondateurs et rédacteurs du site web *mdcu-comics.fr* depuis 2008. Vous pouvez également le retrouver à l'animation de conférences dans différents salons et festivals autour de l'Hexagone.

Cœurs brisés & Nuages magiques est son premier livre, journal d'une rupture amoureuse et d'errances introspectives et fantaisistes.

SOUTIEN

Ce livre étant publié par le biais de l'auto-édition, le meilleur moyen de le faire vivre reste le bouche-à-oreille. Si vous avez aimé, je vous invite à en parler autour de vous, à partager des photos et des citations sur *Instagram*, *Twitter* et tout autre réseau que fréquentent les jeunes gens cool. Et n'hésitez pas à m'y taguer ! Vous me trouverez sous mon nom complet, ou peut-être sous le pseudonyme *julienleery*.

Une autre manière efficace de soutenir un livre comme celui-ci est d'aller lui mettre le maximum de petites étoiles sur les sites de vente en ligne, ou autres réseaux littéraires comme *Babelio* ou *Goodreads*, par exemple. Accompagnées, pourquoi pas, d'un petit mot gentil.

 https://www.instagram.com/julienleery/

 https://twitter.com/julienleery

 https://www.juliencapoulun.com/

Mille mercis de prendre part à cette aventure.